열두번째 행성

차례

1장. 3950번째 아침 5p

2장. 임계점 37p

3장. 생일 101p

4장. 바다 141p

5장. 이주지 155p

작가의 말 178p

1장. 3950번째 아침

흔들어 깨우는 손길.
눈을 뜨면, 6번의 얼굴.
방금 일어난 듯, 침대에 반쯤 걸쳐 앉아있다.
벽 한쪽에 붙어있는 패널이 아침 5시 반을 점멸하고 있다.
30분 일찍 일어났다.
주위에 온통 붉게 깜빡이는 선내 비상등의 모습. 또 비상훈련인가?...
7번은 자신의 간이침대에서 몸을 일으킨다.
"보호복 착용하고 격납고로 집합하래."
"무슨 일인데?"
"모르겠어."
잠이 덜 깨 비틀대는 7번. 머리맡 쪽 관물대 안에서 점프수트형 전투복을 꺼내 한쪽 발부터 끼워 넣는다.

여기는 지구에서 60광년 떨어진, 지구를 닮은 행성, 사이러스. 전체 면적의 80%가 바다인 행성이다.
사이러스력 10년 1월 1일. 지구식 계산법으론 아마 2130년쯤 됐을 거다.
사이러스 도착 후, 계획된 일정에 의해 우주선 배양기에서 태어나 번호가 이름인 훈련생들. 이곳에 도착한 지 10년째가 되는 오늘은, 훈련생 7명의 10번째 생일이기도 하다.

이 우주선의 공식 이름은 '파이오니어 12호'이다. 사이러스의 특성에 맞춰 잠수함 형태로 설계됐다. 이 행성의 바다에 착륙한 후, 바다에 머물며 그다음 계획을 수행하는 것까지의 임무를 맡았다. 바다에서만 생활해 온 훈련생들은 배, 또는 이주선이라고 부른다.

 이 배의 가장 넓은 공간인 선내 홀에서 훈련생들은 군인처럼 간이침대와 관물대를 놓고 단체생활 중이다.
 홀 벽 쪽 충전장치에 한 자리씩 구분되어 붙어있는 보호복의 모습. 머리와 몸통, 양 다리와 양 팔의 부위별로 나뉘진 보호 장비. 일종의 다목적 우주복이다.
 각자 자리의 패널을 눌러 잠금을 해제하고 부위별 보호복을 몸에 장착하는 훈련생들.
 지금까지는 일어나면 간이침대를 정리 해 놓고, 홀 한쪽의 빈 공간에서 아침 조회를 실시했다.
 한 층 아래에 위치한 격납고에 가는 건 오늘이 처음이다. 더군다나 보호복까지 다 갖춰입고. 무슨일이 생길지 전혀 모르겠다. 보호복을 다 입은 훈련생이 헬멧창 위로 떠오른 메뉴를 손짓으로 누른다.

 비상 출입 버튼을 누르는 7번.
 격납고 선체 문이 양옆으로 갈라져 열리며, 거센 바닷바람이 한차례 몰아친다.
 구름이 낀 어둑한 하늘. 주변은 온통 바다다.
 태어나서 처음 보는 밖의 모습. 몹시 눈이 부신 듯, 7번이 실눈을 뜬다.
 사이러스의 11월부터 2월까지, 5개월은 계절상 겨울에 해당하여 흐리고 비가 내리는 날이 많다. 그래도 평균 기온은 30도. 맑은 날의 온도는 여지없이 60도를 넘어선다. 오늘처럼 구름 가득 낀 날은 높아봐야 30도 안팎이다.
 광원인 '라'와의 거리가 지구보다 가까운 탓에 라가 뜨기 시작하면 보호복 없이는 인간이 생존하기 어려운 수준까지 온도가 치솟는다. 맑은날 라가 완전히 떠오른 아침 10시경이 50도. 라가 가장 높은 위치에 있는 오후 2시엔 평균 60도에 이른다.

 사이러스의 자연환경은 지구에서 60광년이나 떨어져 있음에도 상당히 지구와 비슷하다.
 이곳은 태양이 중심인 태양계처럼, 광원 행성 '라'를 중심으로 8개의 행성으로 이루어진 '라'계다.
 라에서 세 번째로 가까운 거리를 도는 행성, 사이러스. 지구보다 약 한 달 긴 공전주기로, 395일. 자전 주기는 지구보다 1시간 긴 25시간으로 낮과 밤이 각각 30분 더 늘어났다. 1년이 13개월이고, 하루는 25시간이다.
 해와 달이 뜨고 지는 것, 기온, 시간, 계절 변화 등등... 모든것이 비슷하기에 지구에서 쓰던 시간이나 계산법, 명칭들을 대부분 그대로 쓴다.
 다른 점은, 이곳의 달인 '아커'가 붉은빛을 띤다는 점. 밤을 본 적은 아직 없지만, 아커의 빛을 받아 붉다고 한다.
 매일 아침. 훈련생들이 눈을 뜨면 가장 먼저 보이는 건, 홀 천장에 그려진 라계 행성 그림이다.

선체 문 바로 옆, 길쭉한 삽같은 모양의 배 한 척이 바짝 붙어있다.
 상륙정이다.
 갑판 한쪽, 플라즈마 건을 하늘을 향해 겨누고 경계중인 경비로봇 2기의 모습.
 심호흡을 한 번 하는 7번. 이주선을 뒤로한 채, 상륙정의 갑판 위로 건너간다.

 일렬횡대로 갑판 위에 서있는 7명의 훈련생들.
 그들 앞으로 항해용 모자와 외투를 갖춰입은 인물이 나타난다.
 선장을 연상시키는 모습. 파이오니어 12호의 사령관, 레이첼이다.
 그가 보호복을 입고있지 않은 이유는, 로봇이기 때문이다.
 공식적인 호칭은 선장이지만, 이름인 레이첼로 부르라고 했다.
"저기를 보세요."
 그는 훈련생들에게 존칭을 사용한다.
 레이첼이 가리키는 곳을 보면, 바다 저 멀리... 섬이 있다!
 섬 위, 로봇들이 움직이는 모습. 뭔가를 만들고 있는 것 같다.
"오늘 우리는 저 섬에 갈 거예요. 이주 미션 10년째인 오늘을 기리는 의미로 섬 이름도 지었어요. '희망의 섬'입니다. 인류가 사이러스에 도착한지 10년이 된 것을 축하..."
 말하는 도중 경비로봇의 플라즈마 건이 빛을 뿜어댄다.

구름 사이에서 갑자기 튀어나온 한 무리의 드래곤들. 훈련생들을 향해 날아들던 드래곤들이 경비로봇이 쏜 플라즈마 빔에 맞아 흩어지기 시작한다.
 강력한 에너지파 입자인 플라즈마. 제대로 맞출 경우, 철갑과 마찬가지의 두꺼운 표피를 두른 드래곤도 한 방에 기절시킬 수 있다.
 전투 시뮬레이터에서만 보던 드래곤을 실제로 본다는 것이 신기해서 마냥 쳐다보는 훈련생들.
 그 와중에 다른 드래곤을 방패삼아 살아남은 한 마리가 점점 가까워진다.
 "7번. 연습한 대로 해요."
 레이첼의 말과 동시에 공중으로 훌쩍 뛰어오르는 7번. 날아들던 드래곤을 살짝 비껴나며 목 부위를 정확히 타격하자, 상륙정의 절반을 덮는 크기의 드래곤이 맥없이 나가떨어진다.
 모션 제어기능을 통해 인간의 힘을 중장비 정도의 수준까지 키워주는 보호복. 드래곤에게 치명상을 입힐 수 있을 정도다.
 갑판 위로 착지하는 7번. 실제는 역시 다르다. 시뮬레이터 훈련때 보다 훨씬 움직임이 무겁다. 간단한 동작만 했는데 숨이 턱까지 찬다.
 "잘했어요 7번. 공부해서 알겠지만, 사이러스는 육식 파충류들이 지구를 지배하던 시기인 백악기와 비슷한 환경이에요. 날이 밝으면, 드래곤들도 먹이를 찾아 날아다니기 시작해요."

혹시나 하는 생각에 훈련생들이 다시 하늘쪽을 살피며 두리번거린다.
 "걱정할 것 없어요. 지난 10년간 이 행성에 존재하는 모든 생명체의 데이터를 수집하며 인간에게 해를 가할 가능성이 있는 몬스터들은 전부 몬스터 리스트에 정리해 놨어요. 다 여러분이 아는 범위 안에 있어요. 여러분 오른쪽 허벅지 옆에 버튼이 있을 거예요. 3초간 눌러보세요"
 해보면, 톡 하고 튀어나오는 물체. 방아쇠가 달려있다.
 모두들 신기한 듯 이리저리 살핀다.
 "플라즈마 건이에요. 방금 전 같은 상황에서 쓸 수 있으니 참고하도록. 어떤 몬스터들을 주의해야 하는지, 섬까지 이동하는 동안 살펴보도록."
 레이첼의 명령에 보호복의 배 부위에 부착된 단말기를 꺼내드는 훈련생들.
 키패드를 눌러 〈주변 몬스터〉라고 입력하자, 화면에 몬스터들의 사진과 설명이 떠오른다.
 방금 7번이 물리친 드래곤에겐 '사이러스의 하늘을 지배하는 최상위 포식자'라는 설명이 붙어있다.
 잘 정리된 괴수도감같은 모습.
 어쩐지 신난 훈련생들이 삼삼오오 모여 떠들기 시작한다.
 할 말을 마친 듯, 조종칸의 단말기 앞으로 이동하는 레이첼. 화면을 눌러 뭔가 입력한다.
 곧이어 '우우웅~'하는 모터소리가 시작되며, 상륙정이 섬쪽을 향해 움직인다.

*

 모래밖에 없는 황량한 섬.
 바다 가까이 이곳저곳에 드러누운, 처음 보는 동물들이 보인다. 바다표범같이 둥그렇고 온순하게 생겼다.
 몬스터 리스트를 찾아보면, 씨램이라 불리는 이 주변의 바다 드래곤이다. 인간을 공격하지 않는 동물로, 주로 바다속 물고기나 해초를 먹고 산다. 씨램의 고기는 인간이 먹을 수 있다고 쓰여있다.
 주위를 빙 둘러보면, 수평선 너머로 드문드문 다른 섬들이 보인다. 이곳은 바다속 화산활동으로, 바다 한가운데에 생겨난 지형 같다.

 "보호복이 제 기능을 발휘하는 시간은 두 시간이니까, 그 전에 되돌아간다고 생각하세요."
 레이첼이 말을 마치면, 훈련생들이 상륙정에서 섬으로 건너간다.
 물에 떠있는 쇳덩어리와는 차원이 다른, 땅이 전하는 단단하고 흔들림없는 기운.
 느낌만으로도 온몸에 짜릿한 전율이 흐른다.
 다들 그자리에서 뛰어대며 한바탕 법석을 부린다.

 모래섬 한가운데 지어진 동그란 형태의 건축물을 향해 가는 레이첼.
 작업을 막 끝마친 건설로봇들이 훈련생들과 엇갈려서 빠져나간다.
 섬 한쪽 끝에 대기하고 있는 건설선을 향해 질서정연하게 열을 맞춰 돌아가는 로봇들. 자동 프로그래밍 된 동작이다.

 꽤 그럴듯한, 야외 공연장의 모습.
 모래빛깔의 반죽덩어리를 한줄한줄 쌓아 만든듯한 단순한 형태로, 바닥과 앉을 곳과 단상 등을 갖췄다. 이 공간 전체를, 빛을 반사하는 특수 소재의 천막이 지붕처럼 둘러쳐져 있다.
 주변의 쓸수있는 재료를 녹여서 건물을 짓는 건설로봇들. 그래서 땅과 건축물이 같은, 모래빛의 조화를 이루고 있다.

 "앉으세요. 헬멧을 벗고싶은 사람은 벗어도 좋아요. 이 안에선 괜찮아요."
 단상 위에 서서 지시하는 레이첼.
 훈련생들이 자리에 앉아 헬멧들을 벗기 시작한다.
 헬멧을 벗는 7번.
 처음으로 바깥 공기를 한껏 들이켜 보면, 상쾌한 바다 내음이 몸속으로 퍼진다. 멋진 기분이다.
 "오늘 우리가 여기 모인 이유는, 여러분의 생일 파티 때문입니다."
 한결같은 로봇의 표정과 톤으로 색다른 말을 하는 레이첼.
 생일 파티라니... 생일 훈련이라면 또 모를까 말이다.

조용한 가운데, 4번이 키득대며 웃는다. 레이첼이 말하는데 웃는 건 처음 있는 일이다. 밖에 나와서 긴장이 풀어졌나보다. 축하해야 하는데 긴장되는 느낌은 참... 기괴하다.
"오늘부로 여러분의 훈련생 신분은 끝납니다. 이제부터는 각자의 역량에 맞춰 자율적으로 능력치를 키우게 될 것입니다. 호명하면 단상으로 올라오세요. 1번, 2번, 6번."
자리에서 일어나 레이첼 앞에 서는 훈련생.
"원하는 이름을 말해요. 이제부터 그 이름으로 부릅니다."
일주일 전. 레이첼은 훈련생들에게 자신의 이름을 생각해 두라고 했었다.
"톰으로 하겠습니다."
사령관 아들이라 불리던 1번이 언제나처럼 가장 먼저 대답한다.
"맥스요."
2번이다.
"송으로 할게요."
한참 망설이던 6번이 힘들게 결정한다.
"톰, 맥스, 송은 분석결과 사무직이 적합한 것으로 나왔어요. 앞으로 나와 함께 근무합니다. 배로 돌아가면 사령실로 오도록."
레이첼이 말을 마치면, 훈련생이 경례를 한 후 걸음을 맞춰 자리로 내려간다.

"다음은 3번."
"레오 하겠습니다."

"레오는, 정찰기 조종 임무를 맡도록. 식량 조달을 돕고, 행성 연구를 돕는 업무입니다. 정찰기는 격납고에 있어요. 정찰기에 비행 시뮬레이터가 내장되어 있으니, 오늘부터 비행 훈련을 시작하세요."

 늘 학습기로 게임을 하던 3번. 비행 훈련이라는 말에 만세를 부르며 기뻐한다. 이런걸 보면 레이첼이 하는 분석은 상당히 정확한 것 같다.

"4번."
"잭이요."
 지금까지 가장 사고를 많이 친 문제아. 과연 어떤 일을 하게될지 모두의 관심이 쏠린다.
"잭은 앞으로 식사담당이에요. 주방을 맡아서 관리하세요. 정기적으로 레오와 함께 식재료도 사냥해야 해요. 좀 있다가 생일 음식이 나오는데, 잘 봐두도록. 우리가 살아남기 위해 꼭 필요한 일이라는 걸 명심하세요. 오늘 저녁부터 시작하세요."
 갑작스러운 요리사 업무를 맡게 된 4번. 황당한건지 당황한건지 모를 표정을 짓는다. 하지만 어딘지모르게 싫지는 않은 느낌. 원하는 이름도 생겼고, 할 일도 정해져서 그런가 보다.

"자 다음, 5번."
"릴리."
 반말 하는 릴리. 어차피 로봇이니까 상관없다는 식인데,

타고난 것처럼 뻔뻔스러움이 자연스럽다.
 사실 5번이야말로 진정한 문제아다. 4번이 난장판을 벌여 놓고 벌을 받는다면, 5번은 남이 난장판을 벌이도록 만들어 놓고 즐기는 타입이다.
 "릴리는 예술적 재능이 있어요. 앞으로 필요할 모든 디자인은 릴리가 만듭니다. 돌아가면 학습기에 필요한 프로그램이 깔려 있을 겁니다. 그리기 연습부터 시작하세요."
 레이첼이 한 말이 마음에 드는 듯, 활짝 웃는 릴리. 웬일로 꾸벅 인사까지 하고 단상을 내려간다.

 "마지막으로, 7번."
 7번이 고개를 숙인 채 말이 없다.
 "없으면 대신 정해 줄 수 있어요."
 "...저의 부모에 대해서 알고싶어요..."
 궁금했던 질문을 처음으로 시도하는 7번. 대답해주지 않을거란 걸 잘 알지만, 부모도 모르고 이름을 정할 순 없다. 레이첼이 감정없는 표정으로 7번을 잠시 마주본다.
 "지금은 질문 시간이 아닙니다. 대답하세요. 7번. 이름은 뭐로 할거죠?"
 "모르겠어요. 그냥 7번 하면 안될까요?"
 "7번. 당신은 저를 시험할 위치에 있지 않습니다. 명령 불복 시 처벌할 수 있다는 걸 잊지마세요. 이름을 말하세요, 7번."
 "7..."
 "민. 너는 민이야."

똑같은 대답을 하려는 7번 대신 말하는 6번. 언제나 그랬듯, 이번에도 적절한 타이밍에 7번을 돕는다.
 "민트라는 꽃이 있는데, 향기롭고 용기를 북돋아 준데. 그래서 민이야."
 꽃이라니... 하지만 달리 생각나는게 없다. 6번이 지어줬다는 게 좋기도 하다.
 "민으로 할게요."
 "민은 전투 훈련 담당이에요. 여러분도 아까 직접 봤겠지만, 사이러스는 인간을 위협하는 몬스터들이 살고있는 행성이에요. 그렇기 때문에 우리는 스스로를 지킬 전투력을 길러야 합니다. 민은 생존에 꼭 필요한 전투 기술을 여러분에게 훈련시킬 겁니다. 지금까지 생활했던 곳은 이제 전투 훈련장이에요. 앞으로 매일 아침 시뮬레이터로 전투 훈련을 실시하도록. 그리고 전투와 관련된 장비들도 관리하세요. 장비실은 민이 관리합니다."
 전투 시뮬레이터로 했던 훈련에서 가장 뛰어났던 7번. 그랬다고 전투 훈련 담당이라니... 하지만 기분이 나쁘진 않다. 처음으로 뭔가를 인정받은 기분이다.

 "이제 여러분은 더이상 훈련생이 아닌, 인류 전체를 대표하는 개척자들입니다. 배로 돌아가면 여러분의 새로운 방이 준비되어 있어요. 자신의 이름과 방을 가진, 우주선의 정식 요원이 된것을 진심으로 축하합니다."
 먼저 박수를 치기 시작하는 레이첼. 훈련생들이 따라서 호응하고, 잠시동안 다 같이 박수를 친다.

로봇에게 키워지는 것의 장점이자 단점은, 가르쳐주지 않아도 스스로 생각하고, 배우고, 행동해야 한다는 것이다. 어떤 면에서 훈련생들... 아니, 이제 7명의 정식 요원들은, 늑대에게 길러진 인간 같은 존재들이다. 그리스 신화의 이야기처럼.

"자 그럼, 저를 따라오세요."
공연장을 빠져나가는 레이첼. 일행이 따라가면, 담장을 사이에 두고 옆쪽은 연회장이다.
공연장과 마찬가지로 천막이 씌워진, 단순한 형태.
가운데의 커다란 원형 테이블 위로 그럴듯해 보이는 음식들이 준비되어 있다.
주위가 탁 트여있어 섬의 경치를 감상할 수 있는 모습. 이주선의 반대 방향으로 점점 멀어져 가는 건설선이 보인다. 이곳을 완성하고 복귀하는 게 아닌, 다른 곳으로 가고 있다.
"건설로봇들은 이제 우리가 정착할 이주도시를 만들러 육지로 가는 거예요."
모든 시선이 건설선쪽을 향하자 레이첼이 설명한다.
육지라는 말에 각자 상상의 나래를 펼치는 요원들. 민에겐 광활한 땅에 알 수 없는 식물들이 빽빽이 자란, 미지의 세계가 떠오른다.

테이블 옆에는 주방로봇이 대기하고 있다. 평소에 보던, 로봇 팔 달린 냉장고 같은 모습과는 달리 몸통 전면의 화면에 옷을 차려입은 것처럼 연회복 모양을 띄워놓고 있다.
 "특별한 날을 축하하는 의미로 식사를 준비했어요. 이곳의 식재료로 만든 지구 요리에요. 오늘만큼은 배급이 아니니까, 원하는 만큼 마음껏 먹도록. 마음껏 즐기시고, 40분 후에 상륙정으로 집합하세요."
 그렇게, 그들의 첫 생일파티가 시작됐다.
 차려진 음식들을 보면, 전부 다 사진으로만 보던 지구 음식들이다. 정 중앙엔 무려! 케이크가 놓여있다.
 그중 단연 최고는, 고기요리.
 이제까지 재배실에서 키운 흐리멍텅한 빛깔의 재배육만 봤는데, 이건 도저히 엄두가 나지 않는 보리빛을 띠고있다.
 먼저 나서는 잭.
 식판과 식기를 챙겨 고기요리 앞으로 가더니, 보라빛 고기 한 점을 식판에 던다.
 포크에 찍어 한 입 조심스럽게 우물거리는 잭. 표정이 미묘하다.
 아슬아슬하게 견딜 수 없는 지점을 건드리는 맛. 하지만, 지금까지의 선내 영양식에 비해 훨씬 풍미가 있다.
 괜찮다는 듯 엄지손가락을 치켜올리는 잭.
 하나둘 음식을 먹기 시작하는 요원들. 분위기가 금세 누그러지며 시끄럽게 떠들기 시작한다.

혼자 연회장 밖으로 나온 민.
이제는 점처럼 작아진 건설선의 모습을 쫓고있는데...
 민 옆으로 송이 다가온다. 역시 6번. 민의 옆자리 단짝이다.
"너도 입맛이 없냐?"
"저 아이들 일거아냐. 끔찍하잖아."
송이 가리키는 곳에 드러누운 씨램 무리가 보인다. 아까 단말기로 검색했을 때 나왔던 녀석들이다. 불쌍한 놈들.
"여기 자리 있어?"
릴리도 나왔다. 나란히 서서 건설선을 바라보는 세 소녀. 어쩐지 앞으로 모든 일이 잘될 것만 같은 설레임을 느낀다.
"우리, 맹세할래?"
갑자기 민이 말한다.
"무슨 맹세?"
"그냥 맹세. 지금 하지 않으면 안될것 같아서."
그럴듯하게 들리는 말에 송과 릴리가 고개를 끄덕여준다.
"여기있는 우리 셋은 앞으로 어떤 일이 있어도 끝까지 함께 하겠습니다. 그래서 저 로봇들이 만드는 도시에 무사히 함께 가겠습니다. 자, 맹세."
먼저 손 내미는 민. 송과 릴리도 각자의 손을 더해 꼭 맞잡는다.

*

오늘 아침까지 생활했던 곳이 텅 비었다.

이제 여기는... 전투 훈련장이다.
다른 요원들은 새로 맡은 각자의 일을 시작했다. 전투 훈련 담당인 민은 이럴때 스스로 알아서 시간을 보내야 하나 보다.
새로 배정된 방에 가보기로 한다. 식당으로 가는 통로에 있다고 했다.
공용 화장실과 샤워실 있는 곳 맞은편.
정체를 알 수 없는 문들이 늘어선 음침한 분위기 때문에 저주받았다고 장난을 치던 장소다.
문 옆의 패드를 하나씩 확인하는 민. 자신의 이름이 적혀 있는 곳이... 있다.
열림 버튼을 누르면, 안열리던 문이 열린다.

생각보다 좁은 방.
한쪽에 학습용 단말기가 놓인 책상과 의자가 있고, 쓰던 간이침대와 관물대를 그대로 옮겨다 놨다.
지금까지는 식당 테이블에서 서로 마주보며 공부했었다.
그러나 이제 책상과 의자가 있는 나만의 방이 생겼다!
침대에 벌렁 드러누워 새로 생긴 자신만의 공간을 만끽하는 민.
침대 옆, 선체 밖을 볼 수 있는 둥근 창이 있다.
창 너머 처음 보는 바다속 풍경. 어스름히 일렁이는 거대한 심연이 펼쳐진, 신비로운 모습이다.
잠수 중인 듯, 배가 바다속으로 서서히 내려가고 있다.
이주선은 바다에서의 선내 생활을 목적으로, 잠수함의 형태로 만들어졌다.

 인류 최첨단의 기술로 완성한 우주선이라고 하기엔, 어두침침한, 보통의 잠수함 같아 보인다. 필요없는 것은 없애고 꼭 필요한 것만 남긴 결과다.

 전체 구조는 가로로 긴 형태의 두 개 층으로 되어있다. 먼저 위층의 농구장 크기만 한 훈련장을 기준으로, 각자의 방이 있는 오른편 선미 쪽으로 주방과 식당이, 왼편 후미 쪽에는 이 배의 사령실이 있다.

 아래층은 전체가 격납고의 형태인데, 상륙정과 정찰기, 비상 탈출선등의 각종 탈것들이 준비된 구역과, 이주지 건설작업을 위한 건설로봇과 건설선을 위해 마련된 구역의 두 부분으로 나뉜다.

 이주선에서 가장 견고한 곳은 사령실 너머에 위치한 끝부분. 이 배를 움직이는 동력실이다.

 육지에 이주지가 완성된 후 태어날 2,000명을 위한, 인간 배아들의 보관 장소이기도 하다.

 파이오니어 12호는 인류 역사상 가장 큰 유인 우주선이다. 12척의 이주선 중에서도 제일 크다. 가장 먼 곳으로 보내지기도 했지만, 이주 성공의 가능성이 가장 높은 행성이기도 했기 때문이다.

 문득 레이첼이 말한 장비실에 가봐야겠다는 생각이 든 민. 훈련장 쪽에 있다.

관리자 외 접근 금지

장비실 문 앞에 경고가 붙어있다.
 보호복을 착용할때 가끔 눈길이 닿으면, 안에 뭐가 있을까 항상 궁금했던 곳. 문 옆 패드를 누르면, 민을 알아본 보안 시스템의 인사와 함께 문이 열린다.

 제법 넓은 공간이다.
 사방 벽을 빙 두른 선반들에 각종 장비와 부품들이 놓인 모습. 무기로 보이는 것들. 경비로봇이 사용하던 플라즈마 건도 보이고, 헬멧, 몸통, 손, 무릎관절 보호구 등 보호복의 부위별 구성품들도 있다.
 한가운데의 작업대에는 로봇 팔과 조작패널들이 있다. 아마 이것들로 장비 수리를 하게 될 모양이다.
 조작기 화면을 켜보려다 관두는 민. 한쪽 구석에 놓인 커다란 타원형 물체를 발견하고 다가간다.
 어딘지 이상한 물건. 궁금하다.
 표면에 손을 대자, 틈이 벌어지며 안쪽으로 문이 열린다. 내부에 좌석이 있다.
 조심스레 자리에 앉으면, 저절로 닫히는 문.
 완전한 어둠이다.
"여보세요?"
"명령어를 말씀하세요."
 지금까지 들어본 시스템의 안내 소리와는 뭔가 다르다.
 진짜 사람 같은 느낌이랄까...
"여기는 뭐 하는 곳이에요?"

"파이오니어 12호의 행성 이주 미션 관련 자료들이 보관된, 아카이브 입니다."
어둠 속, 소리가 대답한다.

*

처음 시작 중...
10번째 생일을 축하합니다.

시작화면의 모습. 업데이트가 된 듯하다.
방에 돌아온 민. 책상 앞에 앉아 학습용 단말기를 켰다.
다음을 누르자, 이전에는 없던 검색창이 나타난다. 지금까진 기기에 저장된 내용만 봤었는데, 이제 궁금한 것을 찾아볼 수 있게 바뀌었다.
설마, 오늘 레이첼한테 했던 질문 때문에?... 에이, 그럴 리 없다. 우연의 일치겠지.
뭐부터 찾아볼까...
'바다에서 방향 보는 법'을 치는 민.
처음 바다를 본 오늘, 사방이 똑같아서 어딘지를 몰라 당황했었다. 궁금한 게 생기면 풀릴 때까지 알아보는 성격의 민. 화면에 뜬 내용들을 유심히 본다.

레이첼이 부모가 아닌 줄 알게 된 날은 5번째 생일 때였다.

그날. 처음으로 아이들을 모아놓고 이주 미션에 대해 설명을 해줬다. 앞으로 사령관인 자신의 지시에 잘 따라야 한다는 말을 하면서.
 당시 아이들의 울음소리가 민의 첫번째 기억이다.
 누구하나 부모라는 말을 꺼내지 않았어도 그들은 알았던 것. 갑자기 부모를 잃은 것 같은 충격을 받았던 날이다.
 그날 이후, 정해진 시간에 일어나서 단체로 움직였다.
 밥을먹고, 자기가 먹은 걸 치우고, 그 테이블에 모여앉아 각자의 학습용 단말기로 날마다 정해진 공부를 하고, 전투 시뮬레이터로 가상 전투 훈련을 했다.
 젖을 뗀 나이에 군인같은 생활을 시작했다.

 다음은 뭘 찾아볼까...
 아카이브가 대답해 준 부모 이름, '용호찬'을 입력하는 민.
 아카이브에서 민이 물어본 건, '부모'다.

 '대한민국 서울 출생. 세계 무술대회 7회 챔피언으로 행성 개척 위원회의 위원 중 한 명...'

 화면에 뜨는 정보들. 민의 아빠다.
 엄마는 달에 이주한 후 알 수 없는 병에 걸려 돌아가셨다고 했다.
 아빠의 모습을 처음 보며 마음속 깊은 곳에서 편안함을 느끼는 민. 도복 차림을 한 아빠가 경기장에서 상대방과 겨루는 영상들도 보인다.

민은 아카이브에게 이주 미션에 대해서 물어봤다.
그 시작은 2050년 이다.
이상기후의 영향으로 지구의 국가 시스템이 붕괴되어, 달로의 급박한 이주가 실행되던 해.
살아남은 사람들은 달로 출발하기 전 배아복제를 위한 생식 세포들을 보관했다. 과학자들이 경고한 달에서의 원인 불명 사망 가능성 때문이었다.
민의 엄마 뿐 아니라, 많은 사람들이 달에 온 뒤 1년 이내에 죽었다. 달에 도착한 30만 명 중 10만 명 정도만이 살아남았다고 한다.
이들이 달에서의 생존에 한계가 있다는 사실을 알아내기까지는 얼마 걸리지 않았다.
자원이든, 병이든, 출산율이든...
어떤 문제로든 달에서 인류는 결국 멸종에 이르게 됐다.
인간의 지속적 생존이 가능한 지구형 행성으로의 이주만이 답이였다.
곧바로 먼 우주로의 이동에 필요한 기술개발에 착수하여 광속 이동 우주선을 개발해낸 인류.
12명의 최고 위원들로 구성된 행성 개척 위원회를 발족하고, 60광년 내에 발견된 지구형 행성 12곳을 선정하여, 12척의 이주선을 만들어 출발시켰다.
가장 먼 곳이 이주에 성공해서 달에 남은 인류가 그 곳을 향해 출발하기까지의 시간을 계산한 계획이었다.
이 모든 일들을 10년 안에 해냈다. 기적이었다.

첫 번째 이주선이 출발하던 날, 행성개척 위원장은 '신은 우리를 버리지 않으셨다.'라고 말하며 울먹였다고 한다.
 그도 그럴것이 어떤 경우의 수든, 최대 300년 까지만 달에서의 생존이 가능한 걸로 계산되었기 때문이다. 살만한 다른 곳을 찾지 못할 경우, 인류는 달 표면 30m 아래의 거대한 밀폐형 공간에서 죽음을 맞게 되는 것이다.
 이주 미션에는 남은 300년 중 100년치 자원을 미리 끌어당겨 썼다. 먼저 완성된 이주선에 끝 번호를 붙여 가장 먼 곳부터 보냈다. 그 첫 번째 출발 이주선이 지금 민이 타고 있는 파이오니어 12호다. 사이러스는 지구에서 가장 먼, 12번째 행성이고.
 다른 11곳의 상황이 어떤지는 아직 알 수 없다. 하지만 이 12번째 행성은 놀라울 정도로 지구와 닮은 곳. 이것 하나만으로도 인류의 이주계획은 성공한 거나 다름없다.
 인류에게 또 한 번의 기적이 일어났다.

 사이러스에 성공적으로 도착한 직후, 파이오니어 12호에 사전 설정된 이주 미션이 시작된다.
 관리로봇이 7명의 인간을 배양기로 탄생시켜 기르는 한편, 관측로봇들을 통해 도착 행성의 모든 요소를 파악, 관리한다. 이후 로봇과 인간이 힘을 합쳐, 7명의 인간들이 성인이 되는 시점인 19세 까지, 육지의 거주 적합 장소에 2,000명의 인간이 거주할 이주지를 완성한다.
 그 후, 이주지로 이동하여 가져간 배아들을 무사히 탄생시켜 정착하는 것이 미션의 최종 목표이다.
 이 미션은 파이오니어 12호의 관리로봇, 레이첼의 감독하에 단계별로 정확하게 실행될 것이다.

 아카이브에게 행성 이주 미션에 대해 들으며 민은 왜 지금까지 자신이 그토록 딱딱한 군대식 교육을 받아왔는지를 조금은 이해했다. 해야할 일들을 감당하기 위해 기계에 가까울 정도의 생산성을 끌어내기 위한 방법이었으리라.
 이 미션의 성공을 위해선, 육지에 이주지 건설을 완성하고 정착한 후, 달을 향해 성공 소식을 보내는 것 까지 해야 한다. 그때가 되면 달에 있는 인류의 소식과 다른 이주지에 관한 소식들도 알게 될 것이다. 그날까지 앞으로 얼마나 많은 시련이 기다리고 있을지...
 답답함을 느낀 민.
 이럴때는 시뮬레이터로 전투 훈련을 하는 게 최고다. 민에게는 훈련이 아닌 놀이나 다름없다.
 방을 나선다.

*

#7 민.

디스플레이 패널에 이제 이름이 표시되어 있다.

보호복 충전장치의 잠금을 해제하고 다리쪽 파트부터 떼어내는 민. 몸 가까이에 갖다 대면, 알아서 신체 위로 알맞게 결합한다.

평범한 인간을 슈퍼맨으로 만들어주는 장비. 우주같은 극한의 환경에서도 활동 가능한 밀폐형에 전투 능력까지 갖췄다.

단점이 있다면, 매 두시간 마다 충전을 해줘야 한다는 것. 선내 충전장치에서는 1시간이면 충전이 완료되지만, 자가충전시 광원을 향하는 상태로 둔 채 최소 4시간 이상을 기다려야 한다.

방전된 상태의 보호복은 거추장스러운 껍질일 뿐이다. 어느정도의 온도 차단효과가 있을 테지만, 볕이 센 밖에서 방전되면, 빛에 데워진 찜기처럼 될 위험이 있다. 물 속에서 방전될 경우엔, 산소가 남아있을 10분 내에 물 밖으로 나와야 한다고 주의사항에 써 있다.

헬멧을 착용하면, 창 위로 떠오르는 각종 상태정보들. 모든 것이 초록색, 최적의 상태다.

공중으로 뛰어올라 한 바퀴 돈 후 훈련장 가운데 착지하는 민. 몸풀기다.

"시뮬레이터 모드."

장치가 민의 목소리를 인식하고, 전투 시뮬레이터가 시작된다.

눈 앞에 나타나는 선택 가능한 상대들의 모습. 그동안 많이 상대해 본 몬스터들의 목록을 빠르게 넘긴다.

새 목록

맨 아래쪽에서 반짝이는 표시.
선택하면 처음보는 몬스터들의 모습.
육지 몬스터들인 것 같다.
대부분 공룡 같은 드렉스(드래곤+티렉스)타입의 몬스터들이다. 그 중, GOMAN(고먼)이라는 것이 눈에 들어온다.
이건... 고릴라 같은데?
'고먼'을 선택하는 민.
훈련을 시작하면 보호복이 알아서 쓰러지지 않는 상태로 고정되고, 안쪽의 인간은 시뮬레이터에 뇌가 연결된다. 일종의 꿈을 꾸는 것 같은 상태로 빠져드는 것.
이렇게 해서 현실과 같은 수준의 훈련효과를 낼 수 있다.

눈 앞 풍경이 정글로 변하고,
곧이어 2m 쯤 되는 고먼이 시야에 나타난다.
지금까지 상대해본 몬스터들은 이빨이나 꼬리, 발톱 등 공격 범위가 예상되던 반면, 이 놈은 인간처럼 한쪽 손에 거대한 나무 몽둥이를 쥐고 있다.
던질지, 휘두를지, 아니면 찌를건지... 경우의 수가 훨씬 많아졌다.
피할 새 없이 몽둥이를 휘두르는 고먼. 손으로 막으면, 뼈 속까지 울리는 듯한 충격과 함께 데미지 -50%가 표시된다. 한 번 더 맞을 경우, 보호복이 파괴된다는 뜻이다.
무시무시한 괴성을 지르는 고먼. 그러나 민이 물러서지 않고 달려들어 펀치를 날린다.
 다른쪽 손으로 민을 쳐내는 고면.
 민이 그대로 날아가 처박힌다.
 빠르다!
 이번엔 아예 몽둥이를 내던지고 민을 향해 달려드는 고면.
"무기!!"
 가까워지는 고면을 바라보며 급박하게 무기를 선택하는 민. 플라즈마 건을 선택하자마자 방아쇠를 당기고,
 일격을 날리는 고면에게 플라즈마 빔이 작열한다!
 순식간에 결정된 민의 승리.
 다시 눈 앞에 훈련장이 나타난다.

 보호복을 입은 채 그자리에 그대로 서있는 민. 헬멧을 벗자 땀으로 젖은 몸에서 김이 모락모락 난다.
 몸은 시뮬레이터의 상황을 실제로 경험한 것과 똑같이 반응한다. 죽을 것 같이 힘들어서 숨을 몰아쉬고있는데, 갑자기 들려오는 박수소리.
 놀라 돌아보면, 사령실 쪽 복도에서 걸어나오는 레이첼의 모습. 선장복과 모자를 벗더니 민의 보호복 자리에 건다.
 안쪽에 입고있던 갈색 옷을 드러낸 레이첼.
 민의 것과 똑같은, 점프수트형 전투복이다.
 레이첼은 이제 피도 눈물도 없는, 그야말로 완벽한 군인 같아 보인다.

"잘 했어요. 방금의 상대가 가장 조심해야할 적이에요."

무의식적으로 피하려고 움직이는 민. 갑자기 걸음이 강제로 멈춰진다.
 레이첼이 보호복의 움직임을 제어한 것이다.
 "수동 모드."
 민의 명령에, 눈 앞에 보이던 각종 표시들이 사라진다.
 다시 움직일 수 있게된 민.
 비상 상황을 가정한 훈련으로 딱 한 번 해봤던, 수동 조작 모드다.
 그 사이, 레이첼이 자신의 앞에 서 있다.

 "궁금했던 것을 알게 되니까 어때요?"
 알게 되다니... 다 지켜봤다는 말인가? 처음으로 반항심이 울컥 치민다.
 그런 민을 무표정하게 응시하는 레이첼. 천천히 민의 주위를 돌기 시작한다.
 "육지에는 인간을 적대시하는 고면들이 있어요. 방금 본것처럼 굉장히 강한. 살아남으려면 이들을 제압할 힘을 길러야 해요. 그래서 민에게 거는 기대가 커요. 인류 최고의 무술가의 딸인 민에게."
 레이첼은 모든걸 안다.
 선내 시스템에 수집된 자료들을 바탕으로 평가, 분석의 프로세스를 통해 오차범위를 줄여나가는 데 최적화된... 군사로봇.
 누가, 어디서 왔고, 뭘 하고있고, 뭘 해야 하는지. 모든 데이터를 쥐고 항상 한 발 앞선 듯 내려다 본다.

로봇에게 이런 지배를 당하고 있는 게, 이제 숨이 막혀오기 시작한다.
 궁금한 것을 알아낼 때면, 눈이 떠지는 기분이 든다.
 아마도 레이첼의 굴레에서 벗어나려면, 앞으로 더 많은 걸 알아내야 할 것이다...

 어느 순간, 멈춰선 레이첼이 민을 똑바로 쳐다본다.
 "날 공격해봐요."
 "지금요??"
 "내 걱정 말고, 한 대라도 제대로 치도록 해요."
 로봇은 커녕, 훈련생들 끼리도 실제 격투 훈련을 한 적은 없다.
 전혀 감이 오지 않는 민이 머뭇거린다.
 "못하겠으면 내가 먼저 합니다."
 말과 함께 빠른 펀치를 날리는 레이첼.
 막을 새도 없이 정통으로 맞은 민. 그대로 벽이 있는 곳까지 날아가 떨어진다.
 레이첼이 이정도일줄은 꿈에도 몰랐다. 엄청난 파워다.
 몸을 추스리는 민. 보호복의 기능을 켠다.
 헬멧창에 떠오르는 상태 표시들. 이제 되돌이킬 수 없다.
 실제 상황이니, 둘 중 하나는 분명히 다친다.
 레이첼에게 발차기 공격을 시도하는 민. 가볍게 피한다.
 자기도 민을 발로 차는 레이첼.
 엄청난 빠르기다. 민이 또 벽으로 날아가 부딪힌다.
 보호복이 파손됐다는 알림과 함께 헬멧창 시야가 경고 표시로 온통 빨갛다.
 다시 일어선 민. 다가오는 레이첼을 향해 날아차기를 하는데...
 다리를 낚아 챈 내던지는 레이첼. 곧바로 미쳐 일어서지도 못한 민을 한 손으로 붙잡아 들어올린다.
 부서진 보호복 사이로 드러나는 민의 맨 몸.
 본능적으로 위험을 느낀 민이 몸부림치는데...
 갑자기 레이첼이 민을 쥔 손을 푼다.

"왜 나왔어요?"
 변함없이 차가운 레이첼의 목소리.
 둘러보면, 민과 레이첼을 쳐다보는 송이 보인다.
 상황을 잘 이해하지 못한듯 고개를 갸웃거리는 송.
"허락 없이 밖으로 나오지 말라고 했을 텐데?"
"화장실이 급해서..."
 거짓말인지 진짜인지는 알 수 없다. 분명한건, 저게 로봇이 반박하지 못하는 몇 안되는 변명 중 하나라는 거다. 어쨌든 덕분에 살았다.
"민. 시뮬레이터에 훈련 프로그램을 보냈어요. 날 이기는 걸 목표로 하도록. 부서진 보호복은 지금 수리하세요."
 아무 일 없었다는 듯, 사령실 쪽으로 돌아가는 레이첼. 송이 민에게 어깨를 으쓱 해 보이며 화장실로 간다.
 도와줘서 고맙다고 말하려다 관두는 민.
 지금의 자신이 웬지 좀 부끄럽기도 해서다.
 장비실로 가기로 하고 몸을 추슬러 일으킨다.

이제부턴 마음껏 장비실을 사용할 수 있게된 게 좋다. 어쩐지 갈 곳이 생긴 것 같은 기분이다. 오늘 알게된 나침반이라는 것부터 만들어 봐야지...
 주위의 부서진 보호복 조각들을 마저 챙기는 민.
 문득 앞으로 수리작업이 본업이 될 것 같다는 생각을 하며 장비실로 들어간다.

2장. 임계점

새벽 5시.

눈을 뜨는 민. 방 안이 어둡다.

머리맡 시계 화면이 18년 13월 31일로 되어있다.

19번째 생일 전날이다. 이제 하루만 더 지나면, 민은 그토록 바래왔던 성인이 된다.

며칠 전 부터 이 시간에 저절로 눈이 떠지는 민. 침대에서 몸을 일으켜 잠시 창 밖을 바라본다.

깊은 바다의 끝없이 펼쳐진 어둠과, 위로 갈 수록 옅어지며 경계수면의 반짝임에 닿는 모습.

현실인지 꿈인지 분간이 안가는, 신비로운 바다속 풍경이다.

목에 걸린 펜던트를 손에 쥐는 민. 펜던트의 뚜껑을 열면, 나침반이다.

창문 너머로 바늘이 가리키는 동쪽을 확인하는 민. 한 시간 후, 라가 떠오르며 서서히 밝아지기 시작할 방향이다.

이주선은 바다 아래쪽 50m 지점에 잠수한 상태로 밤을 보낸다. 여태 단 한 번도 잠수 상태에서 몬스터들의 공격을 받은 적이 없는걸로 봐서, 사이러스의 바다에는 몬스터들이 없거나, 있어도 이주선의 거대함에 위협받고 접근하지 않는 것 같다.

사이러스의 하늘과 육지에 관한 정보들은 빠짐없이 있지만, 어쩐일인지 바다는 전혀 조사하지 않는 레이첼. 비용대비 성과 때문에 그러는 것이 틀림없다.

어쨌든, 그래서 사이러스의 바다는 계속 미지의 세계로 남아있다.
 민에겐 요즘 기대하는 일이 하나 있다.
 육지로 가는 것.
 그 때가 왔다는 건, 다들 알 것이다. 서로 모르는 척 하고 있는거겠지...
 아니, 어쩌면 육지같은 건 없을지도 모른다.
 더 이상 이 통조림같은 배 안에서의 쳇바퀴 도는 생활에 한계가 와서 저절로 날뛰는 혼자만의 망상일지도... 혼란스럽다.
 한숨을 쉬며 침대를 벗어나는 민. 변함없이 그대로인 관물대 앞에 서서 점프수트형 전투복을 발부터 집어 넣는다.

 장비실.
 작업대 위, 부품을 조립하고있는 로봇 팔을 지켜보는 민. 무기를 제작하는 중이다.
 플라즈마의 원리에 주방용 레이저 커팅기를 응용한 민만의 특별 무기.
 죽음을 예고하는 것 같은 악몽을 꾸고... 알 수 없는 불안에 시달렸던 민. 정체불명의 불안을 떨치기 위해 무기를 만들기로 했다. 며칠 전부터 이 새벽에 아무도 몰래 하고있는 비밀작업이다.
 플라즈마 건은 몬스터들에겐 치명적이지만, 특수합금으로 만들어진 레이첼에겐 소용 없다.
 그래서 레이첼도 부술 위력을 가진 무기를 만들기로 했다.
 그렇다. 민의 악몽에 등장하는 공포가 바로 레이첼이다.

든든한 무기를 갖고 있으면, 어느정도 불안을 떨칠 수 있을 것 같아서다. 그 정도쯤은 만들 수 있을만큼 실력을 키우기도 했고.
 시스템에 연결되어 있으면, 때때로 레이첼이 나타나 이것저것 물어본다. 지금 뭐 하고 있는지, 왜 하는지 등등...
 새로운 데이터가 발생 하면, 분석하고, 이름 붙인 후 관리하는 인공지능의 특성 때문에 그런 것 같다.
 그래서 시스템 연결을 끊었다.
 물리적으로. 시스템에 연결된 선을 찾아내느라 꼬박 이틀을 썼다. 시스템 선을 끊어버리니, 보안 시스템도 작동을 멈췄다. 수동으로 문을 열고 잠그는 장치를 만들어 달고 드나들게 되었다. 레이첼이 물어봤을땐, 원인을 찾아내서 고치겠다고 했다. 무기를 다 만든 후가 되겠지만.
 현재 이주선에서 보안 시스템이 고장난 유일한 곳은 장비실이다. 이 말은, 레이첼이 감시할 수 없는 곳이라는 뜻과 같다.

 다 완성한 듯, 한쪽으로 물러나 스스로를 접는 로봇 팔.
 작업대 위로 손잡이 모양의 물체가 남아있다.
 물체를 들고 근처의 수리가 끝난 보호복 앞에 서는 민.
 물체에 달린 버튼을 누르자, 소리도 없이 푸른 빛줄기가 솟아나온다.
 칼 같은 모습. 민이 만든 무기, 플라즈마 블레이드다.
 심호흡을 한 번 하는 민. 눈을 질끈 감으며 보호복을 겨눠 빛줄기를 들어올리는데...

"그건 허가 받고 만든거야?"

깜짝 놀라 돌아보면, 언제 왔는지 송이 팔짱을 낀 채로 서있다.

"너야말로 누구 맘대로 여기 들어오래? 내 허락 없이는 못 들어 온다고 정했을텐데?"

별것 아닌 척, 스위치를 끄고 한쪽에 쌓인 부품 더미에 던져버리는 민. 제발 눈치채지 못해야 하는데...

레이첼이 알게되면 당연히 뺏기기도 하겠거니와, 위험 분자로 찍혀 장비실에서 쫓겨날지도 모른다.

"불 켜져 있길래 뭐하나 궁금해서... 이렇게 일찍 나와서 뭘 하는거야?"

"그건 알바 아닐텐데. 잊었어? 서로 관심 끄기로 한거. 아니면 갑자기 심경에 변화라도 생긴거야?"

쏘아붙이는 민의 기세에 밀려 돌아나가는 송.

휴~ 다행이 위기는 넘겼는데... 출입문 잠금을 어떻게 풀었지?

분명히 잠금으로 해둔 문을 열었다. 보안 시스템이 고장난 상태이니, 민이 열어주지 않으면 못연다.

하긴 송은 사령실의 시스템 엔지니어니까 가능할지도.

어쩌면 송도 만능 키 같은 프로그램을 만들었을지 모를 일이다. 민이 방금 완성한 무적의 무기처럼.

그동안 사령실에서 근무하는 요원들과, 나머지 요원들 사이에 벽이 생겼다.

사령실 기밀유지 방침 때문이었다. 사령실에서 있었던 얘기를 하면 안된다고 했다.
 확실한 경계가 생겨버리자, 끼리끼리 노는 분위기가 되버렸다.
 식사나 훈련 처럼 어쩔 수 없이 함께 해야하는 경우를 제외하곤 톰과 맥스, 송의 사령실 멤버 셋.
 그리고 함께 사냥을 다니는 잭과 릴리, 레오의 셋.
 민은 어느 쪽도 아닌 혼자서 논다.
 매일 아침, 모두의 전투 훈련을 담당해야하는 교관의 입장이여서 그런 걸지도 모른다. 어느 한쪽과 친해지면 안돼서.
 부품 더미에서 플라즈마 블레이드를 되찾아 챙기는 민.
 앞으론 이 시간에도 조심해야겠다고 다짐한다.

*

아침 6시 5분.
 훈련장. 보호복을 착용한 여섯 명이 민 앞에 서있다.
 매일 하는 전투 훈련 집합이다.
 선 채로 졸던 릴리. 비틀거리다 간신히 넘어짐을 면한다.
 잠에서 깨자 마자 싸우는, 적의 기습 상황을 가정한 훈련 루틴. 물론 레이첼이 지시한 방식이다.
 모든 위험 요소를 분석 후 도출해 낸, 가장 효과적인 훈련.
 완벽한 것 같기도 하지만, 눈 뜨자마자 생사를 건 상황을 가정한 전투 훈련은, 수명이 단축되는 기분이다.
 역시 인공지능의 사고방식은 소름끼친다.
 "오늘은 적이 드래곤과 함께 방호벽을 넘어 기습하는 상황이다. 시뮬레이터 켰지?"
 드래곤과 함께 방호벽을 넘는다고? 순간 눈을 의심했지만. 미션 설명에 그렇게 쓰여 있다.
 인간도 아닌 두 몬스터가, 서로 합을 맞춰 기습 작전을 수행한다는 얘긴데... 한 번 더 확인해도 그렇다.
 다들 잠이 덜깨서 멍한 표정. 헬멧에 비친 시뮬레이터 화면을 응시한 채 고개만 끄덕여 답한다.
 고먼이 오늘은 평화 사절단을 보냈다고 해도 똑같이 끄덕일 분위기다.
 시선에 보이는 시작 버튼을 누르는 민.
 갑자기 눈앞에 온통 갈색빛의 이주지 거리가 나타난다. 바람결까지 만져질듯한 생생함.
 전투 훈련 시작이다.

 고릴라에 휴먼이 합쳐진 단어, 고먼(GOMAN). 이주지 건설이 시작되며 드러난 사실 중 하나는, 사이러스의 지배자 역할을 한다는 것. 지구의 인간 같은 존재다.
 고먼들은 건설 중인 이주지를 틈만 나면 공격중이고, 매번의 공격은 이전에 비해 더 효과적인 형태로 진화하고있다고 한다. 모든 사이러스의 몬스터 중 고먼이 가장 치명적이다.
 그래서 요즘은 전투 훈련을 하면, 예외없이 장소는 항상 이주지고, 적은 항상 고민이다.

 시야에 보이는 드래곤들. 그 발에 매달린 고민들이 보인다.
 가장 먼저 해야 할 일은 전투진형을 갖추는 것.
 고민의 위치는 눈에 보이는 걸로만 알 수 있다.
 전투진형을 갖추고 거점을 확보해서 항상 적보다 유리한 상황을 유지하는 게 중요하다.

 지도창에는 이름과 함께 표시된 일곱 개의 점들이 사방에 흩어져있다.
 "잘 들어. 팀을 두 개로 나눈다. 잭을 중심으로 릴리와 맥스가 A팀이고, 상가 C구역 메인 광장에 모인다. 나머지 B팀은 중앙공원 분수대 앞으로. 먼저 모인 팀이 거주지구 정문으로 이동해서 방어하고 나중에 모인 팀은 정문 주변에 머무르면서 적의 위치를 파악한다."
 알아들었다는 짧은 대답들이 이어진다.
 눈 앞에 나타난 경로표시를 따라 뛰기 시작하는 민. 드래곤과 고민이 시야에서 보이지 않는다.
 이러면 가까이에 있다는 말이다. 무기 목록에서 곤봉과 방패를 골라 장착하며 대비하는 민. 뛰어가면서 순식간에 준비를 마친다. 팀 리더 다운 노련함이 느껴진다.

중앙공원 분수대.
톰과 레오, 송이 이미 도착해서 기다리고 있다.
각자 플라즈마 소총을 둘러매고 선 모습.

플라즈마 빔은 물체를 뚫을 순 없지만, 드래곤 만큼이나 두꺼운 고먼의 피부를 태울 정도의 위력을 가졌다.
 무기가 좋을 수록 고먼을 처리하기도 쉽겠지만, 이제는 고먼에게 무기를 뺏길 위험에 대해서도 생각해야 한다. 그래서 민은 곤봉과 방패를 선택했다. 치고받고 싸워야하는 수고가 따르지만, 뺏길 경우 부담이 없다.
 만약 플라즈마 소총을 뺏긴다면, 우리편에 희생자가 발생할 위험이 매우 커진다. 어쩌면 고먼들은 노획한 플라즈마 소총을 연구해서 인간을 암살할 무기로 활용할 지도 모른다.
 고먼은 인간만큼이나 똑똑하다.

 이주지 정 중앙의 거주지구는 3층. 그 주위를 둘러싼 나머지 구역은 대부분이 1~2층으로 나즈막하다.
 대형 쇼핑몰처럼 목적과 계획에 의해 정확히 설정된 구역들. 이곳에서의 모든 길은, 거주지구 정문을 향한다.
 모든 것이 갈색 빛을 띤, 영화 세트장같이 텅 빈 느낌의 거리. 온통 갈색인 이유는, 이곳의 토양을 녹여 만들어서 그렇다.
 이것이 실제 이주지의 모습이다.
 민, 톰, 레오, 송의 넷이 각 방향 경계태세를 유지하며 거리를 이동 한다.

 "우리가 먼저 왔어. B팀이 정찰하세요."
 잭의 피곤해 죽겠다는 목소리.

지도 위, 거주지구 정문에 도착한 잭과 릴리, 맥스의 표식이 보인다.
 평소와는 달리 공격도 없고 모든게 순조롭다. 마치 숨어서 지켜보고 있는 듯한 느낌이다.
 시뮬레이터의 시스템은 훈련때 발생하는 데이터는 물론, 현실에서 습득한 데이터도 반영하여 매 순간, 내용을 업데이트 한다. 이만큼이나 평소보다 달라진 건, 분명 이주지에서 뭔가 새로운 데이터가 생겼다는 것이다.
 드래곤에 매달려 방호벽을 넘어 들어온 고면도 처음이지만, 이렇게 숨어있는 것도 처음이다.
 이러면 찾아 다니면서 제거해야 하는데... 고면의 계략에 말려드는 느낌을 지울수가 없다.
 배가 고픈데... 훈련이 길어질 것 같다.

 상업구역 거리를 혼자 걸어가는 민.
 팀원들에게 각자 흩어져 고면을 찾기로 했다.
 주변의 가장 높은 건물을 찾아온 민. 높은 곳에 올라가서 보면 아무래도 유리할 것이다.
 눈 앞에 대형 쇼핑몰의 출입구가 나타난다.
 적의 숫자가 얼마나 되는지 아직 알지못한다. 만일을 대비해 플라즈마 수류탄을 선택해 놓는 민.
 도저히 안될 경우, 수류탄을 던지고 웅크린 채로 있으면 된다.

 입구에 들어서면, 둥글게 펼쳐진 로비의 모습.

벽을 따라 원을 그리며 위층으로 향하는 계단을 올라간다.
 4층째인 옥상 문 밖으로 나오면, 이주지 전경이 내려다보이는 탁 트인 뷰.
 직경이 2km인 이주지의 가운데 500m 부분에 3층 높이의 대형 거주지구가 있다. 거주지구 주변을 상업 및 공공 구역의 건물들이 감싸듯 둘러져 있고, 마지막으로 10m 높이의 방호벽이 둘러쳐진, 정육각형의 도시다.
 방호벽의 각 모서리 부분에 설치된 플라즈마 기관포의 모습.
 초정밀 자동 사격이 가능한 기관포의 사격 각도를 피해 공중으로 침투한건, 어찌보면 지극히 당연한 전략이다.

 고먼의 짙은 갈색 덩어리를 찾아 주변을 살피는 민.
 거주지구 정문에서 좀 떨어진 곳. 골목에 모여있는 한 무리의 고먼을 발견한다.
 처음 보는 회색 고먼을 중심으로 모여있다.
 어떻게 한건지 회색으로 전신을 물들인 고먼.
 회색 고먼의 정보를 얻기위해 시선에 보이는 검색버튼을 누르면, '새로운 몬스터 발견' 메시지와 함께 회색 고먼의 텅 빈 프로필 창이 나타난다.
 에너지도, 전투력도 전부 0.
 어디가 얼만큼 강한 놈인지를 전혀 알 수 가 없다.
 곧이어 회색 고먼만 남고 나머지들이 거주지구 정문을 향해 달려가기 시작한다.
 "고먼 발견. 지금 정문 쪽으로 몰려가고 있다. B팀은 지금 정문으로 가. A팀은 정문 방어준비하고. 난, 이상한 놈을 발견했어. 좀 더 살펴본 후에 갈게."
 민의 말이 끝나자, 지도상의 흩어져있던 점들이 정문으로 향한다.
 골목길을 뛰어가기 시작하는 회색 고면. 거주지구의 다른 쪽 문으로 갈 모양이다.
 거주지구에는 여섯 면이 있고, 각 면에 출입구가 있다. 정문 말고 나머지 다섯 면의 출입구는 비교적 작고, 그나마 비상시에는 바리케이드로 차단되지만, 지금처럼 기습할 경우엔 내부로 들어가기가 정문보다 쉽다.
 이런 사실을 고면들이 어떻게 알아 낸 걸까? 이 상황은 시뮬레이터 시스템이 가정한 경우의 수가 아닐까?
 회색 고면의 뒤를 쫓아가며 여러 방향으로 생각을 굴려보는 민.
 직감은 이것이 실제일 수 있다고 말하고 있다.

 거주지구 동쪽 출입구 광장에 도착한 회색 고면.
 예상했던 대로 거침없이 출입구 쪽으로 다가간다.
 문을 타격하기 시작하는 회색 고면. 부수고 들어갈 모양이다.
 근처에 몸을 숨긴채 잠시 어떻게 할지를 궁리하는 민.
 손에 든 수류탄을 만지작 거리는데, 팀 통신이 들어온다.
 "민, 빨리 정문으로 와. 쪽수로 밀어붙이려 하고 있어."
 송의 목소리다.

"그쪽이 중요한 게 아니야. 새로운 몬스터가 나타났어. 이놈을 잡아야 돼."
"단독행동을 하겠다는거야 지금? 최우선 방어지가 정문인 거 잊었어? 하던거 놓고 빨리 와."
자기가 리더처럼 말하는 맥스. 따지고 보면 7명 다 리더다. 비상시엔 각자가 모든 결정권한을 갖는다.
하지만 그건 그때가서의 얘기고, 지금 리더는 민이다.
통신을 꺼버리는 민. 조용해지며 눈 앞에 회색 고먼만 보인다.
이제 좀 싸울 분위기가 잡혔다.

길에 뒹굴던 빈 캔을 집어 고먼에게 던지는 민.
문을 두들기던 고먼이 돌아보면, 달려가던 민이 날아차기를 한다.
고먼이 한쪽 팔을 휘둘러 가볍게 민을 쳐내면,
민이 광장 구석까지 날아가 처박힌다.
몬스터 프로필을 다시 확인하는 민.
방금의 접촉으로 회색 고먼의 공격력이 확인된다.
스피드와 파워가 보통 고먼의 두 배다...

이제 몸 전체로 문에 부딪치는 고먼.
문이 찌그러지기 시작한다.
저정도면 몇 번 못 버티고 완전히 박살날 것이다.
결심한 듯 고먼을 향해 플라즈마 수류탄을 던지는 민.
방어자세로 웅크리고 있으면... 충격파와 함께 눈부신 빛이 사방을 휩쓴다.
 순간이 지난 후 고개를 들어 체크하는 민.
 멀쩡한 상태의 회색 고먼이 민 쪽을 보고있다.
 자세히 보니, 몸통에 갑옷 같은 뭔가를 두르고 있는 고먼. 다음 순간, 고먼이 달려들며 민에게 일격을 내리친다.
 가까스로 한쪽 팔에 빗맞으며 피하는 민. 시야에 -95%데미지가 표시된다.
 공격받은 팔은 고장. 정면으로 맞았으면 한 방에 끝났을 것이다.
 순간적으로 뛰어올라 주변 상점의 옥상으로 도망친 민.
 사라진 민을 찾아 두리번 거리는 고먼을 내려다 보며, 무기 선택창에서 창을 선택한다.
 플라즈마가 안 먹히니, 어쩔 수 없는 선택이다.
 움직이는 팔로 창을 꼬나잡고 회색 고먼을 향해 뛰어내리는 민.
 고먼이 민 쪽을 돌아보는 순간, 창이 회색 고먼을 관통하며 민의 승리가 선언된다!

- 훈련 종료 -

종료 메시지. 그리고 눈앞에 현실의 훈련장이 나타난다.
옆에 남아 지켜보고 있는 송. 다른 요원들은 없다.
아직 전투중인 민을 남겨두고 다 나갔던 것이다.
"그만 하고 오라는데... 꼭 고집을 피워야 했어?"
"너넨 어차피 밥먹는게 중요하니까 내가 고집을 피우든 고집을 말아먹든 상관없잖아?"
 괜히 톡 쏘듯 말한다. 사실은 기다려 줘서 좋은데...
 갑자기 뭔가 할 말이 있는 것처럼 머뭇거리는 송.
 "뭐해 거기서. 놔두고 빨리 오라니까."
 톰이 돌아와 재촉하자, 씁쓸한 표정을 지으며 자리를 뜬다.

 오랜만에 몸이 땀으로 푹 젖어있다.
 만약 회색 고먼이 그대로 거주지구에 들어갔다면, 대량 희생자가 나올 상황이다. 플라즈마 수류탄도 끄떡 없고, 공간이 좁아서 아까처럼 창을 쓰기도 어려웠을 테니 말이다.
 무엇보다 한 방에 보호복을 끝장내는 파워가 충격적이다. 도대체 어떻게 그럴 수가 있는지...
 어쩌면 요원 전체가 전멸 할지도 모른다. 그렇게 되면 경비로봇의 손에 이주지의 운명이 달리게 되는데... 혹시 시스템이 전하려는 메시지가 그것일까?
 문득 배가고프다는 사실을 깨닫는 민. 일단 밥 부터 먹어야 겠다.

*

 아침 7시.
 커다란 원형 테이블이 놓인 식당 풍경. 요원들이 각자의 식판을 앞에 놓고 아침을 먹고있다.
 안전상의 이유로 선체 고정형인 테이블과 의자들.
 사령실 멤버인 송, 톰, 맥스가 출입구 근처에, 잭과 릴리, 레오가 오픈 주방과 가까운 쪽에 앉는다.
 완벽히 따로 떨어진 위치가 그들의 사이를 보여주고 있다.
 이들을 지나쳐 주방으로 들어가는 민. 식기용 선반에 놓인 식판과 포크, 나이프를 챙긴다.
 특수합금으로 만든, 가볍고 단단한 식판.
 양 손으로 들면 딱 알맞게 느껴지는 직사각형의 크기에, 정확히 네 개의 칸으로 나눠진 모습. 포크와 나이프도 같은 재질에, 짧고 둥그렇게 만들어 위험요소를 최소화했다.

 조리대 위로 뷔페처럼 차려진 음식들.
 원하는 메뉴 가까이로 식판을 가져가면, 대기하던 주방로봇이 정확히 1인분의 양을 덜어 준다.
 0과 1로 프로그래밍된, 엄격함.
 오차를 용납하지 않는 로봇의 태도가 가장 확실하게 느껴지는 때가 배식받을 때다. 네 칸의 식판에 항상 네 종류의 음식을 담는다. 정확한 규격에 정확한 양만큼.
 한 칸에 두 종류를 담는 시도는 해본 적이 없다. 본능적으로 그렇게 못 하게하는 심리적 장벽이 생겨버렸다. 망할 로봇놈들.
 식판에 화가 난 적도 있었는데, 이제는 덤덤하다. 피할수 없는 운명이라는 말이 떠오르는... 식판이다.
 단백질 섭취를 위한 씨램 고기, 야채 조리한 것 두 종류,

그리고 완두콩으로 마무리 한다.
 음료는 바닷물을 증류한, 물이다.

 지구 이야기를 찾아보던 중, 대부분의 인간들이 아침, 점심, 저녁 세 끼를 먹는다는 사실을 알아냈다.
 이주선에서의 식사는 매일 아침과 저녁 두 끼다.
 모두 모여 함께 먹는 시간은 아침. 저녁은 각자 알아서 편할 때 먹는다.
 태어날 때부터 두끼만 먹었던 터라, 그 이야기를 본 처음엔 오히려 세 끼를 먹는게 이상해 보였다. 하지만 모든게 부족한 상태라서 두 끼로 끝내는 거라는 걸 이해했다.
 두 끼에 완벽하게 적응한 거다.

 혼자 떨어져 앉는 민.
 매일 똑같은, 또 한 번의 아침식사를 시작한다.
 씨램 고기는 사냥 멤버들이 함께 정찰기를 타고 희망의 섬까지 나가서 직접 사냥해 온 것이다.
 바다속 해초나 물고기류를 잡아먹고 사는 온순한 동물, 씨램. 그 고기는 독을 연상시키는 보라색을 띠는 걸 빼고는 소고기 스테이크와 비슷하게 생겼다.
 처음엔 괴상한 비린내 때문에 먹기 힘들었는데, 잭의 요리 실력이 늘어감에 따라 3년 전 쯤, 마침내 그 비린내가 사라졌다. 이는 이전과 이후의 이주선 라이프가 바뀔 정도의 큰 사건이었다.
 그 전까지 식사 시간은 침묵 속 불편함의 시간이었다면,

이날 처음으로 식사 중에 대화가 시작됐다.
 이날이 이주선 내 패거리가 둘로 나눠진 날이기도 하다.
물론 레이첼은 그 사실을 모른다.
 이 역사적인 고기를 한 조각 썰어 먹는 민. 약간 질기지만 고소한 풍미가 있다.
 다음, 야채들은 삶은 브로콜리와 당근이다.
 주방 뒷편에 있는 재배실에서 생산된 것들로, 지구의 품종이다. 완두콩도 마찬가지. 그래서인지 친근하다.
 도저히 고기를 못 먹던 시절엔 야채들 만으로 식사를 했었다.
 브로콜리에는 매콤한 소스가 얹혀졌다.
 민의 부모가 태어난 곳, 한국의 고추장이라는 소스다.
 이것저것 찾아보다가 고추장에 대한 얘기를 발견하고 잭에게 재미삼아 말했는데, 잭이 그 레시피를 연구해서 소스로 만들어 냈다. 잭도 어지간히 심심했던 모양이다.
 알맞게 삶겨진 당근.
 적당한 식감에 달콤한 풍미가 살아있다.
 그리고 마지막, 완두콩.
 처음부터 지금까지, 똑같이 생생한 초록색의 삶은 완두콩이다. 하도 많이 봐서 이제 사람처럼 말을 건넨다.
 '안녕. 덕분에 항상 잘 지내고 있어. 이번에도 잘 부탁할게. 고마워...'
 그래, 나도 고맙다... 포크위에 얹어 한입 넣는다.
 초록빛 완두콩 맛. 어쩌면 이 모든 지루함의 원인은 완두콩일지도 모르겠다는 생각을 하며 우물거린다.

 다 먹어 갈때쯤, 자리 양쪽 옆으로 다가온 레오와 송.
 각자 들고온 식판 더미들을 내려 놓는다.
 잠시 포크를 내려놓고 그 둘을 번갈아 쳐다보는 민.

'가위 바위 보!!'

 동시에 외치며 손을 내민다.
 가위가 둘... 민이 보자기다.
 씩 웃으며 자기들 자리로 돌아가는 송과 레오.
 또 일곱명 분 설거지를 전부 해야 한다.
 밥맛이 떨어진 민. 그대로 식판을 전부 챙겨들고 주방으로 들어간다.

 세척대 앞.
 물이 나오는 밸브가 정면 벽면에 달려있고, 그 앞에 복부 높이로 물받이가 있다. 뭔가를 하려면 경마자세처럼 무릎과 허리를 어중간히 구부린 상태가 되는...
 식판과 식기들을 세척대에 쏟아붓는 민. 밸브를 열어 물을 채운다. 어느정도 물이 차면, 수납함을 열어 안에 있는 세척제 한 조각을 꺼내서 던져 넣는다. 이러면 준비 끝이다.
 원래는 세척포를 사용하고 물을 덜 써야 하지만, 이 방식이 훨씬 편하다고 잭이 알려줬다.

거품속에 빠진 식기를 손으로 문지른 후 밖으로 꺼내는 민. 동작이 상당히 서투르다.
 식기에 발이라도 달린 듯, 자꾸 미끄러트리는 상황. 애먹으며 열을 낼수록 실수는 더 많아진다.
 왜 이렇게 설거지만 하면 바보가되는지 알수없는 노릇이다. 요 며칠 연속으로 가위바위보를 지면서 확실하게 알게 됐다. 설거지를 많이 해도 나아짐 없이 똑같다는 것을.
 수영을 못하는 사람이 물에 들어가기만 하면 허우적대는 느낌이랄까?
 그 사이, 또 미끄덩해서 식판을 빠트린다.
 "우리 교관님이 털 손이내~ 털 손~"
 돌아보면 어느새 릴리가 뒤에 와 있다.
 무시한 채 설거지를 계속하는 민. 누가 본다고 의식하니까 더 실수가 많아진다. 땀을 뻘뻘흘리며 버둥거리는 상황.
 꼼짝않고 바라보기만 하는 릴리. 은근히 즐기는 눈치다.
 '그렇게 땍땍거리는 팀 리더께서 설거지로 쩔쩔매다니~' 라는 표정을 짓고있다.
 "재배실에서, 25시. 올꺼지?"
 마침내 릴리가 용건을 말한다. 뭔가 일을 꾸미지 않고서야, 여기 올 리가 없다.
 지금까지 이주선에서 일어난 모든 문제는 릴리와 잭, 레오. 이 세명의 패거리들이 했다.
 그러나 사실은 릴리 한 사람의 짓이나 다름없다.
 모든게 릴리의 머릿속에서 시작된 일. 잭을 밤중에 돌아다니게 한 것도, 레오가 정찰기를 타고 나갔다가 전기가 떨어져 바다에 추락한 것도...
 정작 릴리 자신이 문제를 일으킨 적은 없었다.
"너네끼리 하면 안될까? 난 좀 빼줘."
 뭐가 됐건 사양이다. 이제와서 문제에 휘말려 들고 싶지 않다.
"사령실 멤버들도 오는데, 너가 안오는 게 말이 돼? 우리들의 교관님께서?"
"사령실 애들이? 셋 다??"
 놀라 눈이 동그래진 민에게 릴리가 고개를 끄덕인다.
 그게 어떻게 가능해? 라는 표정을 보이던 민. 절래절래 고개를 흔들며 다시 설거지로 돌아간다.
"재밌을건데?"
 잭의 목소리. 돌아보면 문쪽에 레오와 함께 와있다.
 마침내 하던걸 완전히 멈추고 돌아서는 민. 갑자기 저벅저벅 밖을 향해 걸어나간다.
"뭐야, 설거지 다 안끝났는데 어디가?"
 당황한 릴리가 묻는다.
"알았으니까. 나도 설거지정도는 부탁할게~ 세 명이면 금방 하잖아?"
 문간에 선 잭과 레오에게 씩 웃음짓는 민.
 격려하듯 어깨를 툭 치고, 그대로 밖으로 나간다.

*

아침 9시.
 레이첼과 함께 식당 테이블에 빙 둘러앉은 요원들.
 누가 사고를 쳤다거나, 중요한 일이 있을때마다 열리는 전체 상담시간이다.
 모이라는 선내 방송을 듣고 다시 식당으로 돌아온 것. 어쩐지 예상하고 있었던 일이 벌어진 듯한 분위기다.
 변함없는 선장 차림의 레이첼. 딱딱한 로봇의 표정으로 요원들을 차례차례 둘러본다.
 고개를 숙여 시선을 피하거나, 대놓고 딴 짓 하는 분위기. 민 만이 레이첼을 마주 바라본다.
 "먼저 얘기 할 사람 없으면, 순서대로 돌아가면서 하죠."
 레이첼의 오른쪽 부터다. 변함없이 순서대로 앉아있는 요원들. 언제나처럼 톰이 첫번째다.

 "이주지에서 쓸 교육제도를 만드는 작업이 이제 완성단계에 접어 들었습니다. 송을 도와서 이주지 기본 시스템 구축 작업도 잘 진행 중이구요. 문제없이 잘 지내고 있습니다."
 단 한 번도 말썽피운적이 없는 톰. 이제 교육학을 마스터한 수재다. 항상 예의바르고, 모든 일을 안정적으로 해낸다.
 "고마워요 톰. 다음은 맥스."
 "이주지의 법규를 만드는 작업을 순조롭게 진행 중입니다. 제가 맡은 시스템 구축 작업 분량도 열심히 하고 있습니다.

대체로 만족합니다."

 사령실패와 사냥패가 갈리기 시작한 건, 보안유지를 들먹이며 맥스가 벌인 일이다. 그 전까진 함께 밥을 먹었었다. 이후 사령실 멤버들이 레이첼의 명령이나 정보를 전달하며 위화감이 생겨났다. 맥스는 이주선의 규율반장 노릇을 자처하고있다.

"훌륭해요 맥스. 다음, 레오."
"매일 정찰비행과 기체 정비 업무를 이상없이 수행 중입니다."

 뇌가 있는건지 의심이 들 정도로 매사에 단순한 레오. 항상 모든 일에 동조하고, 자기 표현이 드물다. 릴리를 좋아해서 릴리가 시키는 일이라면 뭐든지 다한다.

"좋아요. 다음, 잭."

 말이 없는 잭을 무표정으로 응시하는 레이첼. 잭이 한숨을 쉰다.

"매일 주방일을 할 뿐, 똑같죠."

 잭은 요원들 중 유일하게 싸움질을 해 본 장본인이다.
 어느날 아침, 훈련하기 싫다는 이유로 민에게 대결을 신청했었다. 자기가 이기면 훈련을 하루 쉬자고. 그날 요원들은 각자 알아서 식사를 해야했다. 뭐, 요리 하나만큼은 끝내주게 잘한다.

"오늘 우리가 모인 이유는, 잭 때문이에요. 기회를 줄게요 잭. 내게 뭔가 해야 할 말은 없나요?"
"없어요. 빨리 끝내 달라고 하면 끝내주실 것도 아니잖아요?"

잭이 지루하다는 표정이다.
"맥스의 말로는 잭이 술을 만들었다던데, 사실인가요?"
"내가요? 절대로 그런 적 없어요."
깜짝 놀라 바로앉는 잭. 건너자리의 맥스를 죽일듯이 노려보면, 맥스가 그 시선을 피하려 애를 쓴다.
"술이나 그밖의 정상적 정신활동에 영향을 미치는 모든 물질은 금지에요. 이를 어길 경우엔 어떤 처벌을 받는지도 알죠?"
"잘 알죠. 그렇기 때문에 그런 적이 없는거고요."
잭이 말이 끝나자마자 나타나는 경비로봇. 주방으로 들어가더니, 곧이어 손에 물병을 하나 든 채로 돌아온다.
식재료 보관함 사이에 꽁꽁 숨겨둔 것을 잘도 찾아냈다…
로봇이 건네는 물병에 코를 갖다 대는 레이첼.
감지센서로 성분 분석을 하는 것이다.
"알콜 24%. 탄수화물로 만든 술이군요. 잭은 이 세션이 끝난 후 곧바로 정화조 청소를 실시하도록. 오늘 저녁식사는 요원들끼리 알아서 해결하세요."
레이첼의 선고에 고개를 푹 숙이는 잭.
이주선 정화조의 폐기물질은 자동으로 외부 배출되지만, 배출 후의 물청소는 사람이 그 안에 직접 들어가서 수작업으로 해야 한다. 물론 안 해도 아무 문제가 없다.
그 전까지는 안하던 일을 언제부터인가 벌칙삼아서 시작했다. 감금실에 갇히는 것 다음가는 최악의 벌칙이다.

"다음, 릴리."

"그럼 오늘 예정된 사냥 비행은 취소인가요?"
 질문으로 시작하는 릴리. 사냥 비행은 식재료를 밖에서 구해오는 것으로 일주일에 한 두번 정도 하는데, 오늘이 가는 날인 것. 릴리, 잭, 레오의 셋이 항상 해왔다.
 "다른 요원과 가도록 하세요."
 "이주지 기본 유니폼 디자인은요, 우아하면서도 실용성있어야 할것 같아요."
 말을 시작하는 릴리. 사실 아무것도 안하고 둘러대는 중이다. 일을 마지막 끝에 닥쳐서 하룻밤 새에 해내는, 즉흥적으로 하기에 천부적인 자질이 있는 릴리. 이 자질때문에 문제를 일으키는 것 같지만,
 "...이주지의 실제 이미지와 느낌들이 필요한 관계로, 이주지 도착 이후에나 완성될 것 같습니다."
 "알겠습니다. 다음, 송."
 "이주선 시스템 관리작업도 잘 하고 있고요, 이주지 시스템 구축 작업도 잘 하고 있습니다. 모든 일정에 차질 없습니다."
 언제나처럼 송이 무표정한 태도로 대답한다. 가장 레이첼같이 변한 요원이 있다면, 송이다. 레이첼의 인공지능 프로그래밍까지 관리하는 시스템 엔지니어가 된 송. 이제 요원들 중에서 레이첼과 가장 말이 잘 통하는, 레이첼의 오른팔이다. 가끔 로봇이 된게 아닐지 하는 착각마저 들 정도다.
 "좋습니다. 그럼 마지막으로 민."
 시작부터 죽 이야기를 듣고있다 보면, 단 한 명도 뭐라고 할 수 없는 이런 분위기... 점점 참기가 힘들다.

뭔가 못되게 엉망으로 만들어놓고 싶은 기분이 든다.
더 이상 복종은 싫다고 말하고 싶다. 그리고 일어나서 이 배의 밖으로 나가고 싶다. 나가서는...
"오늘 아침 훈련도, 잘 했어요."
레이첼의 목소리가 민을 현실로 끌어당긴다. 동공과 체온의 변화로 심리를 판단한 것 같다. 혹시, 상상하는 것조차도 알아챌 수가 있는 걸까?
"사실, 오늘 아침. 시뮬레이터에 새로운 데이터를 업데이트 했어요. 여러분이 한 번도 본적이 없는 진화형 고면을 민이 혼자서 처리했어요. 훌륭해요 민. 지금처럼만 잘 부탁해요. 자 다들 민에게 박수 주세요."
처음으로 레이첼이 대답을 듣지 않고 넘어간다.
아마도 위험을 감지했겠지.
요근래 불안에 시달리는 건 민 뿐만이 아니다.
누가 건드리면 폭발할 것 같은 위태로움이 모두의 얼굴에 약간씩 드러나 있다.
지금 민이 터진다면, 이주선 밖으로 나가려 할 지도 모른다. 다른 사람도 아닌, 전투 훈련 담당 민이 그렇게 되는 건 레이첼도 막고 싶었던 거다.
"내일이 생일이란건 다들 잘 알 거에요. 그렇다고 달라지는 건 없어요. 오늘 하루 자신이 맡은 임무를 다 하도록. 해산."
결국 아무 일도 일어나지 않고 전체 상담시간이 끝났다.
어깨를 축 늘어뜨린 채 청소 도구함을 향해 터벅터벅 걸어가는 잭. 언제나처럼 사령실의 세 멤버가 함께 사령실로 간다.
"있다가 우리, 같이 갈래?"
릴리가 또 슬그머니 옆에 다가왔다.
"어딜?"
잘 아는데도 물어본다. 거부감이 드는건 어쩔수가 없다.
"사냥~"
지금까지 일어난 대부분의 사건이 전부 사냥 시간에 벌어졌다. 릴리가 잭이나 레오를 시켜서 한 짓들이다. 이 셋이 아직 온전히 살아있다는게 신기할 정도다.

사냥은 반드시 두 명이 같이가야하고 둘 중 하나는 플라즈마 건을 들고 다른 하나를 엄호해야 한다. 물론 정찰기를 모는 레오는 제하고 말이다.
드래곤도 영악해져서 접근하는 일이 거의 없지만, 약점은 귀신같이 알아보고 덤벼들텐데...
하필이면 오늘 잭의 자리가 빈 것이다.
만약 민이 거절하면 당장 오늘 저녁과 내일의 생일 식사가 위태롭다. 그래도 오늘만큼은 이주선에 있고싶단 말이다...

*

오후 4시.
격납고 한쪽으로 비둘기 모양의 정찰기가 세워져 있다.

앞 뒤로 두 줄의 좌석이 있는 모습. 조종석이 있는 앞자리에 레오와 릴리가 탔다.
 민이 뒷자리에 타면, 자동으로 안전벨트가 감기며 문이 닫힌다.
 신기한 듯 두리번 대는 민. 어쩌다 보니 정찰기는 처음 타본다.
 2040년대 초부터 말까지 지구에서 사용하던 3세대 UAM(도심항공모빌리티)기와 동일한 기체. 2020년대 말 대중화된 1세대 UAM기는 크기만 키운 드론에 불과할정도로 불편한 것이었으나, 3세대에 이르러서는 자동차를 대체하기에 이르렀다. 가볍고 튼튼한 동체를 가진, 움직임이 매우 부드럽고 민첩한 탈것이다.
 민의 시선으로 천장 쪽의 네 방향에서 프로펠러가 튀어나와 고정되는 모습이 보인다.
 조종석의 레오가 이것저것 스위치를 누르면, 회전을 시작하는 프로펠러.
 그 사이, 선체 옆의 정찰기용 출구가 완전히 열려 밖이 보인다.
 어느 순간, 훌쩍 날아오르는 정찰기.
 부드럽고 안정된 움직임. '잠자리' 라는 별칭을 가질만하다.

 구름이 잔뜩 낀 흐린 날씨. 주위에 드래곤은 보이지 않는다.
 거울같이 잔잔한 바다 위로 불쑥 드러난 이주선의 모습.

내구성을 위해 세로로 홈이 파져 있는 표면에, 전체적으로 뾰족한 물방울 모양을 하고있다.
 마치... 거대한 레몬스퀴저같다.
 어쩐지 불길해 보인다. 만약 드래곤이 인간이라면, 저걸 무조건 파괴하려고 했을것이다.

 망망대해 위를 빠르게 날아가는 정찰기. 레오의 어깨너머로 보이는 속도계가 시속 180km를 찍고있다.
 어딜보나 온통 바다 뿐이다.
 "섬들은 저쪽이야."
 릴리가 가리키는 방향을 보면,
 주변에 비해 수면이 얕은 듯, 밝은 청록색으로 옅어진 바다의 모습.
 그 주위로 크고 작은 모래섬들이 드문드문 흩어져 있다.
 "이 주변을 벗어나면, 반경 100km 안에는 바다 뿐이야. 내가 직접 확인했다고!"
 조종간을 잡은 레오가 자랑스럽게 말한다.
 잘 안다. 돌아오다가 전원부족으로 추락해서 영원히 바다 미아가 될 뻔한 것도.
 "여기에서 가장 큰 섬이 우리의, 희망의 섬이야."
 점점 가까워지는 한 모래섬. 그 위로... 공연장과 연회장의 모습이 보인다.
 "어?! 생일파티장이다."
 "그리고, 일용할 양식이 있는 곳이기도 하지."
 장난스럽게 고기 뜯는 흉내를 내보이는 릴리.

씨램 사냥터라는 말이다.
모래섬에서 낮 동안 잠을 자는 씨램.
그 순박한 놈들을 사냥하는 걸 어떻게 봐야할지... 갑자기 괜히 왔다는 생각이 든다.
정찰기를 착륙시키는 레오. 순식간에 공연장 옆의 공터로 사뿐히 내려 앉는다. 생각보다 빨리 왔다.

사냥용 창을 챙겨 내리는 릴리. 소총형 플라즈마 건을 둘러맨 민이 따라서 내린다. 레오는 정찰기에 타고 있다.
섬의 정 가운데 있는 공연장. 씨램들은 전부 바닷가 쪽에 몰려있다.
안쪽으로 깊이 들어와 자고있는 씨램을 세심하게 고르는 릴리. 민은 혹시나 공중에서 드래곤이 이들을 노리고 있진 않은지만 보고있으면 된다.
드래곤의 양식이기도 한 씨램. 드래곤이 나타나면, 씨램들도 귀신같이 알아차리고 전부 한꺼번에 바다로 뛰어든다. 이때, 바다에서 멀리 떨어져있던 씨램이 드래곤의 먹이가 되는 것이다.
불쌍하게도 씨램은 인간에게는 완전 무방비 상태다. 웬만해선 다가오는 걸 알아채지 못하고, 한 번에 죽이기만 하면, 주위의 자고있는 씨램들도 깨어나지 않는다.
사냥법은, 머리와 몸통 사이. 척수 부분을 찔러야 한다.

가장자리에 떨어져있는 씨램 한 마리를 향해 창을 겨누며 다가가는 릴리.

주위를 맴도는 드래곤은 보이지 않는다.
치켜든 창을 찌르는데!...
"뀌이이익!!!"
빛맞았다! 고통에 찬 소리와 동시에 바다쪽을 향해 도망치기 시작하는 씨램.
그 소리에 다른 씨램들이 전부 다 깨어나 바다에 뛰어든다. 이렇게 되면 언제 도로 나올지 알 수 없는 노릇이다. 보라색 피를 흘리며 비틀비틀 기어가는 마지막 한 마리만 남은 상황.
저 아이를 잡지 못하면, 오늘 저녁은 없다.
"할수있다! 넌 할 수 있다!!"
자신을 향해 소리치는 듯한 릴리의 외침. 이번엔 창을 양손으로 감아쥔다.
"아아아아악!!!!"
미친듯한 비명을 지르며 있는 있는힘껏 달려가는 릴리. 거의 바다에 가까워진 씨램을 향해 돌진한다!

창에 부자연스럽게 몸통이 꿰뚫린 씨램 한 마리.
끈으로 묶어 끌고갈 준비를 끝냈다.
이제 역할을 바꿔 민이 씨램을 끌어가는 동안, 릴리가 경계를 맡는다.
정찰기를 향해 씨램 끌기를 시작하는 민. 생각보다 힘들지는 않다.
릴리를 보면, 씨램과의 대 전투에서 살아남은 유일한 생존자 같은 모습.

보호복이 온통 씨램의 보라색 피에 물들었다.
 "너 이번이 처음이지?"
 릴리가 씨익 웃으며 고개를 끄덕인다. 잭이 있었을땐 한 번도 안하다가, 이번에 처음 한 거다.
 어쩐지 속은것 같은 기분. 하지만 딱히 위험에 처하지도 않았고, 저 끔찍한 일을 대신 해줘서 한편으론 고맙다.
 큰 탈 없이 사냥에 성공했다.
 이번 만큼은 진심으로 릴리에게 박수를 쳐 주고싶은 기분이 든다.

 출발때처럼 가뿐히 하늘을 향해 날아오르는 정찰기.
 점점 작아지는 모래섬의 모습. 이대로면 10분 내로 돌아갈 수 있을 것이다.
 씨램은 정찰기 아래쪽의 빈 공간에 잘 묶여있다.
 "흐린날에는 드래곤들이 다 숨어있나보네?"
 주위를 살피며 민이 말한다.
 드래곤은 육지에 둥지가 있지만, 한 번 사냥에 나서면 일주일간 하늘을 떠돌며 바다 위나 공중에 머무는 습성을 가졌다.
 "그러게~ 드래곤 못 본지도 한참 됐는데, 우리 오랜만에 드래곤 경주나 해볼까?"
 릴리가 레오를 툭 치며 꼬드긴다.
 "좋지~ 오랜만에."
 심심한데 잘 됐다는 듯한 대답. 곧바로 정찰기의 고도를 높이기 시작한다.

갑자기 빨라지자 괜히 안전벨트를 확인하는 민.
 둘의 손발이 척척 잘 맞는걸로 봐서, 사냥 패거리가 평소에 어떻게 하고 돌아다니는지 대충 짐작이 간다.

 구름 속에 들어선 정찰기. 빠른 속도 와중에 시야는 구름에 가려져 앞이 잘 안보인다.
 좀 떨어진 구름 사이로 드디어 드래곤 한 마리가 나타난다.
"선수 발견. 초대장 발사할게요~"
 드래곤을 향해 플라즈마 빔을 쏘는 레오. 움찔한 드래곤이 방향을 틀어 정찰기 쪽으로 돌진하기 시작한다.
"됐어! 이제부터 경주 시작이야. 잘 봐. 재밌을거야~"
 돌아보며 말하는 릴리. 정찰기가 더 고도를 높여 올라간다.

 펑~ 하는 소리와 함께 구름을 뚫고 올라온 정찰기.
 사방이 푸른 하늘과 빛으로 가득찬, 구름 위 세계가 펼쳐져있다!
 계기반을 보면, 시속 190km를 찍고있는 속도계의 모습.
 정찰기를 쫓아오는 드래곤 세 마리가 구름 위로 모습을 드러낸다. 거의 따라잡을 듯 쫓아오는 드래곤들. 레오가 정찰기로 곡예하듯 세 마리의 드래곤 사이를 오간다.
 창문 너머로 손에 잡힐듯 보이는 드래곤의 모습. 정찰기를 통째로 삼켜버릴 만큼 거대하다.
 이렇게 가까이에서 이런 놈들을 보다니... 그저 신기할 따름이다.
 마침내 쫓기를 포기하고 떨어져 나가는 드래곤들.
 마지막 한 마리가 구름 아래로 내려가버리자, 릴리와 레오가 환호성을 지른다!
 완만하게 선회하며 이주선 쪽으로 방향을 돌리는 정찰기. 구름 아래로 다시 내려가는 순간, 갑자기 나타난 드래곤이 달려든다!

 전조등 빛에 온통 붉게 끈적이는 장막.
 여기는... 드래곤의 위장 속이다.
 넘실거리는듯한 위장의 움직임을 따라 흔들리는 정찰기.
 레오와 릴리, 민이 자리에 앉은 채 눈만 껌뻑이고 있다.
 "이 안에서 소화될 일은 없을테고... 이대로 있으면 어디까지 가려나?"
 레오가 멍하게 중얼거린다.
 "플라즈마를 쏘면 뱉지 않을까? 토하는 것처럼, 밖으로 밀려나가면서."
 합리적인 민의 추론이다. 어쨌거나 사냥 나왔다가 사냥을 당한 꼴이 됐다.
 "진짜 좋은 방법이 떠올랐어."
 누가 듣기라도 하듯 속삭이는 릴리. 레오와 민에게 가까이 오라는 손짓을 한다.

 "준비됐어?"
 릴리와 민을 살피는 레오.

안전벨트를 꽉 붙잡은 채로 고개를 끄덕이는 둘을 확인하고, 조종간을 붙잡는다.
 버튼을 누르면, 회전을 시작하는 프로펠러의 모습.
 조종간을 밀어 속도를 올리자, 프로펠러 주위에 있던 뭔가들이 찢겨 나가기 시작한다.
 곧이어 크게 울부짖는 드래곤 소리.
 동시에 급격히 추락하고 있는 듯, 앉아있던 일행의 몸이 공중으로 붕 떠오른다.
 프로펠러의 회전속도를 계속 올리는 레오.
 엉망으로 뒤섞이던 주변이, 어느 순간. 가림막 떨어지듯 떨어져나가며 바다가 보인다!
 드래곤의 몸 밖으로 빠져나왔다!
 수면 바로 위로 아슬아슬하게 머물러 있는 정찰기의 상태.
 "성공했어! 우리가 드래곤을 사냥했어!"
 릴리가 바다 위에 떠 있는 드래곤의 조각들을 보며 소리친다.
 정찰기를 수면 위로 착륙시키는 레오.
 그런 후 갑자기 민에게 둘의 시선이 쏠린다.
 "왜... 그렇게 봐?"
 "부탁할게 있어서. 좀 위험한 일이야."

 정찰기 문을 열고 바다로 뛰어드는 민.
 보호복을 입었으니 걱정할것 없다고 하지만, 지뢰밭에 들어가는 것 같은 기분이다.
 요원들 중 어느 누구도 바다에 들어간 적은 없을 것이다.

릴리가 꺼리는 것만 봐도 알 수 있다.
 하필이면 그런 일을 막판에 뒤집어 쓴 셈이됐다.
 웃기겠지만, 도저히 시선을 아래쪽으로 내릴 수가 없다. 물 속에서 뭔가 흉칙한 놈을 볼까봐. 제발 아무 일도 없어야 할텐데...
 요원들에게 가장 미지의 장소인, 바다.
 신기할 정도로 이곳의 바다에 대해 아는게 없다.
 이들이 태어나서 지금까지 계속 바다에서 생활했다는건 아이러니다. 시간 날 때마다 방의 창문으로 바다를 보곤 하지만, 언제나 아무것도 없는 심연이었다.
 물 위에 떠있는 가장 큰 드래곤 덩어리를 골라 붙잡는 민. 정찰기 아래쪽에 묶는 작업을 시작한다.
 먼저 묶여있던 씨램을 풀어내 버리고, 그 자리에 드래곤 덩어리를 다시 묶어놓는다.
 최대한 빠르게 작업을 끝마친 민. 뭔가에 쫓기듯 정찰기로 튀어올라가면, 곧이어 정찰기가 날아오른다.

*

저녁 7시.
주방에 전부 모여든 요원들.
 요리대 위에 놓인 드래곤 고기를 쳐다보고있다.

뜯어먹히다 남겨진 듯한, 붉은 고기 덩어리.
 조금 전. 정찰기에 묶고 물 밖으로 나가는 순간,
 물고기 떼가 몰려들어 순식간에 상당부분을 먹어치웠다.
 격납고에 도착하고 나서야 이 사실을 발견한 사냥 멤버들.
그래도 평소의 씨램 고기만한 크기에다, 씨램 비린내가 안 난다는 게 모두의 기대감을 키우고 있다.
 때마침 샤워를 방금 마친듯한 잭이 주방으로 들어온다.
 "뭐... 뭐야. 뭔 일 있어?"
 젖은 머리를 수건으로 문지르던 잭. 자신에게 쏠린 시선을 확인하고 멈칫한다.
 "너 선물 가져왔다. 아깐 미안했어~"
 맥스가 약을 올린다. 왠일로 싸우지 않고 넘어가는 잭. 시선이 고기 덩어리에 꽂혀있다.
 "드래곤을 잡았다고?? 어떻게?"
 알려주지도 않았는데, 알아봤다. 서로 눈치를 살피는 민과 레오, 릴리. 사실대로 말했다가 레이첼이 아는날엔 최소가 정화조 청소감이다.
 작은 칼을 꺼내온 잭. 익숙한 솜씨로 손바닥 만큼을 도려내 프라이팬 위에 턱 얹는다.
 "...이 고기면, 할 수 있을지도 몰라..."
 중얼거리며 수납함쪽으로 가는 잭. 아래쪽을 열면, 대형 국통들이 보인다. 그 사이에 숨겨진 묵직한 뭔가를 양 손으로 들어 가져온다.
 머리통 만한 크기에 플라즈마 건의 총구같이생긴 주둥이가 달린 모습. 잭의 요청으로 민이 몰래 만들어 준, '플라즈마 토치'다.
 본능적으로 위험을 느낀 요원들이 한걸음씩 뒤로 물러선다.
 "이거 끼고, 프라이팬좀 들고있어봐."
 근처에 있는 보호장갑을 맥스에게 들이미는 잭.
 "내가 왜?"
 "저녁 굶고싶어?"
 맥스가 어쩔 수 없다는 표정으로 보호장갑을 끼고는 프라이팬을 잡아 든다.
 "꽉잡고있어, 쫄지말고."
 말하며 손잡이의 버튼을 누르는 잭. 순간, 토치 주둥이에서 플라즈마 불꽃이 뿜어져나오기 시작한다.
 프라이팬의 고기 위로 조심스럽게 불꽃을 갖다대는 잭. 고기 표면이 조금씩 변하기 시작한다!
 침묵 속, 긴장하며 지켜보는 요원들.
 그동안 안전상의 이유로 모든 요리는 고정된 조리장치를 통해서만 했다.
 찌거나, 굽거나다.
 지금 이 광경은 태움에 가깝다...
 요리에 이렇게 강렬한 불꽃을, 직접 사용한 적은 없었다. 그런걸 보고있으려니, 긴장이 안될수가 없다.
 어느순간, 프라이팬의 가운데로 푸르스름한 기운이 응축되기 시작한다. 한 눈에 봐도 뭔가 심상치 않은 모습.
 "뭐야, 왜이래?"
 "조금만 버텨다오. 조금만..."

굽기를 계속하는 잭. 드디어 고기의 표면이 지글거리기 시작하는데,
'펑!'
프라이팬이 폭발하며 사방으로 튀는 고기조각들.
갑작스래 둘러서있던 모두가 엉망이된다.
가운데 구멍이 뚫린 프라이팬을 든채로 멍한 맥스. 요원들이 튄 고기조각을 닦아내기 시작한다.
"방금... 뭐야?"
왜 폭발했는지 이해하지 못한 민이 묻는다.
"특수합금 때문이야. 플라즈마에 일정 에너지 이상 노출되면, 터지더라고."
프라이팬의 뚫린 부분을 만져보는 민. 특수합금은 분명 강철보다 가벼우면서도 강한 소재다. 열, 충격, 내구성 등등 모든 면에서. 그게... 터진다고?
"역시 여기서는 안되겠어. 자, 너희 모두 오늘 저녁 먹고싶지?"
요원들을 둘러보며 말하는 잭. 다들 고개를 끄덕인다.
"여기서 레이첼하고 제일 친한사람 누구야."
송을 쳐다보며 말하는 잭. 알면서 일부러 하는 말이다. 애원하는 시선들이 송에게로 쏠린다.
마침내 포기한 듯, 송이 손을 든다.
"우리를 위해서 니가 해줄 일이 생겼다."

격납고 정찰기 옆.
묵직한 선체용 부품을 조리대처럼 쌓아놓은 위로, 드래곤

고기가 놓여있다.
 플라즈마 불꽃을 마음껏 뿜어내며 고기를 굽고있는 잭.
 바베큐식 조리법이라고 한다.
 특수합금보다 더 강력한, 우주선 선체 재질로 둘러쌓인 상태라면, 폭발 걱정 없이 마음껏 조리할 수 있다는게 잭의 이론.
 송이 레이첼에게 요청해서 오늘 저녁식사를 격납고에서 먹을 수 있게되었다. 바베큐 구이라는 말은 빼고, 특별한 분위기에서 식사를 하고 싶다고 했다.
 레이첼이 요청을 들어준 적은 이번이 처음이다. 물론 지금까지의 요청은 대부분 다 잭이 했지만.
 취침시간 이후 모든 행동 금지. 아침 훈련을 쉬는것도 안돼고, 식사도 반드시 정해진 시간에 정해진 양을 정해진 곳에서만 먹어야 한다.
 요청을 전부 거절당하니까 항상 레이첼 몰래 일을 벌이고, 벌을 받았다.
 오늘만큼은 이미 충분히 벌을 받은 잭이 처음으로 송에게 도움을 요청 한 것이다. 물론 송이 안할수도 있었지만, 웬일로 송도 그러겠다고 했다.
 오랜만에 모든 요원들이 하나가되어 드래곤 고기와 식기를 운반하고, 격납고에 바베큐를 할 자리를 준비했다.

 선체 밖으로 열려있는 정찰기용 출입구를 바라보는 송. 고기굽는 연기가 잘 빠져나가고 있지만, 영 불안하다. 연기를 피워대고, 선체의 문을 외부로 열어재낀 사실을 레이첼이 알게되면...
 문득 요원들을 보는 송. 전부 다 신나서 미치겠다는 표정들이다.

 마침내 토치를 끄는 잭.
 완벽한 바베큐 구이가 완성되었다!
 드래곤고기를 썰어 한 조각식 나눠주는 잭. 각자 접시를 들고 먹기 시작한다.
 "오마이갓~ 이건 정말 끝내준다!"
 호들갑을 떠는 릴리. 여기저기서 감탄사가 터진다!
 접시의 고기덩어리를 손으로 집는 민.
 그렇다. 맨 손으로 집었다. 잭이 말하길, 이 요리는 맨 손으로 집어 먹어야 한다고 해서이다.
 기름진 표면 느낌이 뜨끈하게 전해져온다.
 먹기 전, 냄세를 맡아보면, 향기롭게 퍼지는 고소함.
 조심스럽게 한 입 먹는 민. 엄청난 감질맛이다!
 처음 맛보는 이 질감과 향은, 바베큐 요리의 불맛이라고 했다.
 충만한 포만감이 모든걸 녹여버린다...
 정신없이 고기를 먹는 요원들. 쩝쩝소리만이 들릴 뿐이다.

*

25시 정각.
완전히 캄캄한 복도. 귀를 기울이면 아무 소리도 들리지 않는다. 경비로봇이 근처에 없다.
23시 부터, 매 한 시간 마다 두 경비로봇이 교대하며 새벽 5시까지 선내를 순찰한다.
시야에 보이는 것 뿐 아니라 온도를 탐지하기 때문에 숨기란 불가능하다. 반드시 피해야 한다.
펜라이트를 켜려다 관두는 민. 최대한 들킬 확률을 줄이고 싶다.
벽에 손을 짚은 채, 식당 쪽을 향해 조심스럽게 나아간다.

이시간에 모이는 이유는, 레이첼이 충전중이기 때문이다.
레이첼은 취침시간이 시작되는 23시에 충전을 시작해서, 다음 날 기상시간인 6시까지, 8시간 동안 충전한다. 이 시간동안의 모든 감시는 경비로봇이 대신한다.
보안시스템으로 관리되는 모든 구역은 잠금상태가 되고, 구역과 구역 사이를 경비로봇이 순찰한다.
물론 비상사태가 터지면 레이첼도 깨어나겠지만, 여지것 이 시간에 비상사태가 발생한 적은 한 번도 없었다.
이 시간에 돌아다니다 붙잡힐 경우의 벌칙은,
사령실 뒤쪽, 동력실 안의 감금시설에 꼬박 하루 동안 갇히게된다.
4년 전, 잭이 이를 직접 경험했다. 물론, 어떻게될지 궁금했던 릴리의 머릿속에서 시작된 일이었다.
23시 이후에 주방의 빈 서랍장 안에 숨어있었는데, 순찰을 돌던 경비로봇이 정확히 찾아냈다.
 그곳에 하루 다녀온 후, 잭은 밝았던 성격이 어둡게 변할 정도였다.
 "...구덩이 같은 곳이야."
 그리고는 더이상 한 마디도 안했지만, 그 공포감은 충분히 전달됐다.
 그 이후엔 아무도 할 생각을 안하던 일. 본능적으로 두려움에 몸이 떨려온다.
 레이첼이 자는 시간에 만나는 것에 이 모임의 상징적 가치가 있다. 감시에서 벗어난 자유를 누리는 것이다.

 주방 뒷편에 재배실이 있다.
 양분과 수분이 자동 공급되는 식량 배양기 세 기가 나란히 들어서 있는 곳. 식당과 주방을 합친 정도의 공간이다.
 요원들이 먹는 대부분의 식량이 여기서 생산된다.
 3주 간격으로 완전히 성장하는 사이클로, 배양기 당 1주간의 간격차를 두고 식량이 길러진다.
 식물 재배에 최적화된 보라빛 조명이 항시 켜져있고, 온도는 30도에 맞춰져 있다.
 여기 숨어 있으면, 경비로봇이 체온을 감지하지 못할거라는게 릴리의 주장이다.

 조리기계 사이에 나있는 문.
 문 틈사이로 손을 집어넣고 힘을 주어 밀어내면, 눈부신 보라빛이 쏟아져 나온다.

"빨리 닫아!..."
다급하게 속삭이듯 소리치는 소리. 릴리다.
문을 닫고 돌아서면, 전부 모여있는 요원들.
톰과 맥스, 송까지... 모두 다 있다.
"뭘 그렇게 쳐다봐? 못볼거 봤어?"
놀란듯 쳐다보는 민을 향해 맥스가 말한다.
"여기를 떠날때가 됐나, 하다하다 이런날이 다 왔네... 아침에는 왜 그랬어?"
 잭이 맥스에게 묻는다. 한 마디도 안하고 있었던듯, 냉랭하다. 역시 담아두고 있었나보다. 잭은 보기보다 뒤끝이 길다.
"그래야 걸리더라도, 우리가 니네보단 덜 혼날거 아냐."
맥스의 말에 송과 톰이 쓴웃음을 짓는다.
"어떻게 알았어? 설마, 나 없을때 뒤지기라도 했냐?"
노려보는 잭의 시선을 피해 릴리를 쳐다보는 맥스.
릴리가 몸을 꼬며 잭에게 미안하다는 표정을 지어보인다.
"...얘네 불러내려고, 날 팔아 넘긴거야?"
갑자기 화가나 숨을 멈추는 잭. 뭐라고 한마디 더 하려는데...
"쉿! 조용히. 경비로봇 지나갈 때 됐어."
처음 보는 웬 단말기를 보며 송이 말한다.
 손바닥 만한 크기의 화면. 뽑아낸 연결 단자들이 덜렁거리는 걸로 봐서, 사령실 시스템 장비를 몰래 가져온 듯 하다.
 얼어붙은 듯 멈춰있는 일행. 밖의 소리에 귀를 기울이면, 경비로봇이 내는 일정한 간격의 움직임 소리가 들린다.

주방으로 들어와서, 한 바퀴 돌아... 빠져 나갔다!
릴리의 예상대로 탐지를 못하는 게 맞았다.
'배안에 감시를 벗어날 장소가 생기다니... 대박이다.' 라는 표정이 모두의 얼굴에 써있다.
문을 빼꼼히 열고 주방으로 나가는 잭.
돌아오면, 트레이 위 노릇하게 구워진 쿠키가 가득하다.
"일 년 동안 모은 밀가루로 만든 거야."
트레이를 바닥에 내려놓는 잭. 요원들이 하나 둘 주위에 둘러 앉는다.
하나씩 쿠키를 먹기 시작하는 요원들.
앉아있는 양옆으로 무성하게 자라있는 식재료들. 보라빛 정글에 온 듯한 풍경 속, 한동안 쿠키 부서지는 소리만 맴돈다.
"이러다 걸리면, 전부 다 감금실행 인가?"
오랜만에 톰이 말한다.
톰도 그렇고, 다들 뭔가 심란한 사람처럼 자기 생각 속에 빠져있는 것 같다.
다시 침묵.
"그런데, 왜 이 난리를 부리는거야? 내일은... 그냥 생일이잖아."
이번엔 레오다. 그 일을, 레오만은 모르는 것 같다.
평소엔 저렇게 불쌍한 느낌인데, 오늘 만큼은 아무렇지 않게 받아들여진다.
내일. 이 배를 떠나게 될지도 모른다. 육지로. 그렇기 때문에 오늘 모두가 다 모인거고...

어쩌면, 마지막 밤이 될 테니까.
과연 이 밤이 무사히 지나갈 수 있을까?

"각자 자기 비밀 하나씩 말하기. 어때?"
작정한듯 릴리가 나선다. 어쩐지 내켜하지 않는 분위기.
아랑곳하지않고 릴리가 계속한다.
"나부터 시작할게. 나, 사실... 악령 불러낼 줄 안다?"
악령이라고? 하는 물음이 모두의 얼굴에 떠오른다. 역시
생뚱맞은데 일가견이 있다.
"밤에 잠 안올때 심심해서 이것저것 찾아보다가 알게 됐거든. 한 번 볼래?"
"악령을, 보여준다고?"
되묻는 톰에게 정색하며 고개를 끄덕이는 릴리. 자리에서 일어난다.
"대신 너희가 해야할 일이 있어. 잘들어."

"옴. 냐흔. 빙미. 사옴. 지리... 옴. 냐흔. 빙미. 사옴. 지리..."
조그맣게 주문을 외고있는 요원들.
릴리가 흐느적 거리며 재배기들을 빙 둘러 걷고있다.
"옴냐흔 빙미 사옴 지리... 옴냐흔 빙미 사옴 지리..."
보라빛 재배실에 울려퍼지는 주문소리. 기분 탓인지 점점
이상한 요기가 느껴지는데...
갑자기 몸을 과도하게 꺾는 릴리. 그 상태로 옆걸음치며
둘러앉은 일행을 향해 뛰어오기 시작한다.

몸에 힘이 완전히 풀린 채로, 눈에 흰자가 보이는 상태. 누가 봐도 악령이다.
"어업!..."
비명을 지르는 레오의 입을 틀어막는 잭.
릴리가 그 상태로 자신의 자리로 돌아가 앉는다. 재밌어 미치겠다는 표정이다.

손을 드는 톰. 다들 뭐냐는 눈빛.
"아, 습관이 되서 나도모르게, 미안..."
레이첼이 있는 자리에서 항상 첫 발표순서가 톰이었으니까, 이해할 수 있다.
어쩐지 이곳에서 조차 자신의 처지가 일깨워진 것 같아서 기분 더럽지만 말이다.
"...정말 일 하기 싫을때가 있었어. 이걸 누구한테 뭐라 말도 못하겠고. 꼼짝 못하고 그냥 자리에 앉아서 아무것도 안 하고 있었는데, 모험하는 상상이 떠오르더라? 꼭 무슨 차원의 문이 열린 것처럼. 그래서 그걸... 소설로 썼어."
"소설을... 썼다고?"
맥스가 놀라서 눈이 동그래졌다. 다른 요원들도 마찬가지다.
"응. 이주지에서 우리가 반란을 일으켜서 레이첼과 로봇들 다 부순 다음에, 이주지 밖으로 모험을 떠난다는 내용이야."
순간 하나같이 피식하며 웃는 표정을 떠올리는 요원들.
"그런 걸... 어디다 썼는데?"

유일하게 맥스만이 정색하며 되묻는다. 같은 사령실 멤버로서, 한 번도 딴짓을 안했다면 충격이 클만도 하다.
 "내가 만든 교육시스템 안에. 이주지에서 태어날 애들 중 누군가가 발견하게 되겠지."
 아무에게도 말하지 말라는 듯, 톰이 입 위에 손가락을 가져다 댄다.

 "나도 얘기할게."
 이번엔 잭이다. 어쩐지 톰의 고백에 용기를 얻은 듯 하다.
 "나, 우울해."
 풍선 김빠지는듯한 한숨을 쉬며 말한다.
 "니가 우울하다고?"
 못믿겠다는 듯 코웃음을 치는 요원들. 그러나 잭은 진지하다.
 "지금 이게 뭐하는 짓인가~ 하는 생각이 자주들어. 요리를 해야하는데... 생각만 하면서 계속 멍 하니 앉아있다가, 시간에 떠밀려서 진짜 기계적으로. 하기 싫어서. 억지로 하고..."
 "우울하니까, 화염방사기 같은걸로 고기나 굽고 말이지?~"
 릴리가 키득거리며 놀리면, 쓴웃음을 짓는다.
 "...요리 말고 다른것도 해보고 싶어. 다른 곳도 가보고 싶고. 이 지긋지긋한 나에게서 좀 벗어나고 싶어."
 "정찰기 조종 해볼래? 요리랑은 완전히 다를 걸?"
 지나가는 말로 던지는 레오. 잭이 귀를 쫑긋 세운 것처럼 쳐다본다.

"진짜로? 그럴 수 있어?"
"응. 정찰기 시뮬레이터로. 물론 레이첼 몰래지만. 그리고 그대신 나도 요리 가르쳐줘."
"좋아, 친구~"
 언제 그랬냐는 듯 활기를 되찾은 잭.
 우울하단 말을 들어서인지, 그 모습마저 어딘지 불안정해 보인다.

'띠디디딩~'
 갑자기 어디선가 하프를 치는것 같은 악기 소리.
 레오가 쇠 줄로 직접 만든 듯한 악기를 꺼내들었다.
 학습용 단말기를 통해 클래식이나, 지구에서 유행했던 팝송 등을 듣지만, 악기 소리를 직접 듣는건 처음있는 일이다.
"너희 보여주려고 가져왔어. 격납고에 혼자 있으면 좀 외롭더라고... 처음엔 노래를 틀어놓고 일했는데, 심심하기도 해서 정비용 부품들로 악기를 만들어봤지."
 그동안의 바보 이미지와는 달리, 또렷하게 말하는 레오. 완전히 다른사람이다.
 신기하기도 하고, 예상을 완전히 깼다. 다들 벙 찐 얼굴로 레오를 쳐다본다.

  이 밤이 끝나기 전에~
  제발 말해주세요~

심지어 연주하며 노래를 부르기 시작하는 레오.
감미로운 멜로디가 흐르자, 다들 넋이 나간듯 귀를 기울인다.

   이 모든 것은 꿈이었다고~
   이 밤이 끝나기 전에~
   부디 말해주세요~
   모든게 괜찮을 거라고~
   모든게 괜찮을 거라고~

상념에 빠져든 요원들.
노래가 끝난 후에도 끝나지 않은 것 같은 여운이 흐른다.

"며칠 전부터 이상한 꿈을 꾸고 있어. 신기할 정도로 생생한 꿈이야."
달콤한 침묵을 깨는 민. 평소답지 않게 목소리를 불안하게 떤다.
"레이첼과 대결하게 돼. 어떻게 해도 절대로 이길 수 없어서 절망감만 들지. 하지만 누군가 나를 응원하고 있다는 걸 알 수 있어. 그리고 어디선가 말소리가 들려. 종말이 가깝다. 준비해야 한다... 그리고 깨는데, 그 시간이 정확히 새벽 5시야."
"끝나니까 준비해야 한다. 무슨 계시같은데?"
릴리가 조금 졸린다는 표정이다.
"비밀 지켜줄 수 있어?"

요원들의 얼굴을 일일이 확인하듯 쳐다보는 민. 다들 영문은 모르지만, 고개를 끄덕인다.
 주머니에서 뭔가를 꺼내 손에 드는 민.
 스위치를 누르자, 플라즈마의 푸른 빛이 솟구친다.
 "내가 만든 무기. 플라즈마 블레이드야."
 처음 보는 검 형태의 무기. 보석 같이 푸른 플라즈마의 날을 뿜어내고있다.
 다시 스위치를 누르면, 감쪽같이 꺼지고 손잡이처럼 생긴 몸체만 남는다.
 "플라즈마로는 레이첼한테 못이기잖아?"
 잭이 묻는다.
 "이건 그 플라즈마를 훨씬 강하게 응축시킨 거야. 레이첼도 못막아."
 침묵이 흐른다.
 이 사실을 레이첼이 아는 날엔, 민은 절대 무사하지 못할 거다.
 레이첼은 위험요소를 극도로 싫어한다. 이건 그 자체로 위험을 넘어 테러다.

 "사실 나도... 고백 할게 있어."
 난데없이 불쑥 맥스가 말을 시작한다.
 목소리에서 전해지는 어쩔줄 몰라하는 느낌. 보라빛 조명만 아니었으면, 분명 얼굴이 빨개진 상태였을 것이다. 민의 말은 듣지도 않고, 자기 생각에 빠져있었던 것 같다.
 "사냥 가보고 싶어."

"가면되지 참내, 다음번에 데려갈게."
잭이 선심쓰듯 말한다.
"아니, 너랑 말고..."
"그럼 누구랑? 릴리?"
잠시 영문을 몰라하던 잭. 갑자기 알았다는 듯, 놀란 표정을 짓는다.
"너가 릴리를 좋아한다고?!"
지금까진 잭과 레오 둘이 릴리를 쫓아다녔는데, 이제 세 명이 쫓아다니게 생겼다.
잭과 레오가 황당한 표정으로 쳐다보는데, 무시하고 릴리만 쳐다보는 맥스.
릴리가 키득거리며 윙크를 날려준다.

지금까지 요원들사이에서의 러브라인은...
없었다.
연애질 할 만큼 호락호락한 환경이 아니다.
사령실 멤버들은, 셋 다 하루종일 앉아서 단말기 화면만 보는데도 재밌다고 하는 로봇화된 성격들이다.
민은 전투훈련 아니면 하루종일 장비실에 틀어박혀 만들고 고치는데만 관심을 쏟는다.
그나마 밖으로 사냥을 나가는 릴리와 레오, 잭의 패거리가 서로 삼각관계 비슷한 걸 만들어 놀았을 뿐이다. 이 조차 친구끼리의 장난같은 느낌이었다.
그렇게 유지해온 사랑의 균형을, 이제와서 맥스가 망치려

고 하고있다..,
 이 사태를 레이첼이 알면 어떤 처분을 내릴지 궁금해지는 민. 연애 금지 명령을 내리거나, 아니면 연애 안하겠다고 맹세를 시킨후, 어길 때마다 벌칙이겠지...
 결국 또 모든 문제는 레이첼로 귀결된다.
 그렇기 때문에 아무도 연애를 안하는 거다.

 어느덧, 마지막까지 말을 안하고 있는 송에게 시선이 집중된다.
 "사실 난..."
 망설이는 송. 긴장감이 고조된다.
 "일기를 써."
 "에이 뭐야~ 우리 모두 일과기록 하잖아~"
 김빠진다는 듯이 말하는 톰. 맥스도 실망한 기색이 역력하다.
 같은 사령실 멤버라 기대가 컸었나 보다.
 그렇다. 요원들 모두는 의무적으로 자기 전에 일과기록을 써야한다. 매일.
 아무도 볼 수 없으니 안심하라고 하지만, 이주선 시스템에 연결된 단말기의 저장공간에 쓰는 일기를, 시스템 관리자인 레이첼이 모른다는 건 믿기 어려운 얘기.
 그래서 모두는 또 한 번의 의무적 업무를 실행할 뿐이다.
 "여기에."
 송이 손가락으로 들어올린 손톱만한 크기의 빨간색 칩.

일년 전쯤, 송이 찾아와서 달라고 했었던 사실을 기억하는 민. 학습용 단말기의 복구용 칩이다.
 "학습용 단말기 모니터 옆에 여닫이 커버 있는거 아는사람?"
 갑자기 질문을 던지는 송. 동시에 민을 의미심장한 눈빛으로 쳐다본다.
 자기와 내가 공범이라는 말이겠지.
 그게 무슨 뜻인지 정확히 안다.
 미안하지만, 그정도로 내 이야기를 하고싶지는 않다.
 레이첼이 봐도 좋을 일과기록 정도면 충분하다. 항상 희망에 차 노력하는 훈련 교관의 이미지로.
 마음을 읽었는지, 송의 시선이 다른 요원들에게 넘어간다. 다들 난 아니라는 듯이 고개를 절래절래 흔드는데... 조심스럽게 손을 들어올리는 릴리.
 놀랍다는 표정으로 송이 릴리를 바라본다.
 "역시~ 나 말고 또 있었네. 잘됐다. 너가 얘네들한테 설명해줘."
 순간적으로 릴리에게 집중되는 시선. 릴리가 관심을 즐기듯 살짝 미소를 흘린다.
 "나도 몇달 전에 진짜 우연히 알게됐어. 모니터 옆에 단자가 있더라고... 칩을 꽂으면, 본체가 켜지지 않은 상태로 그 칩으로만 작동되고. 이말은, 이주선 시스템에 연결되지 않은 상태로 뭔가를 할 수 있다는 말이야. 원래는 비상 복구용 칩인데, 코드를 입력하고 저장할 수 있는 기능이 있었어. 거기에 노트를 저장 할 수가 있고. 그게 일기장이야."
 말을 마치고 어깨를 으쓱해 보이는 릴리. 옆에있던 잭과 레오가 신기하다는 듯 고개를 끄덕인다.
 근데 저 말은... 장비실에 허락도 없이 들어와서 칩을 훔쳤다는 말이잖아?
 생각이 미치는 순간, 릴리를 노려보는 민. 릴리에게 '아차...' 하는 표정이 스치며 민을 외면한다.
 릴리가 생각보다 훨씬 많은 것들에 대해 알 지도 모르겠다는 생각이 드는 민. 일단은 플라즈마 블레이드를 뺏기지 않도록 더 조심해야 겠다. 그게 저 릴리의 손에 들어가면, 무슨 사고를 칠지 모른다...

"여기에 나만 아는 모든 비밀이 다 들어있어."
 다시 칩을 들어올려 모두에게 보이는 송. 점점 더 궁금해지는 분위기.
"보여줄 수 있어? 지금 단말기 가져오게."
 잭이 말하며 입맛을 다신다. 이제 톰과 맥스도 애가 타는 눈치.
"지금은 안돼. 때가 되면, 보게 될거야. 그 대신, 내가 모두를 위해 준비한 이벤트가 하나 있어."
 단말기를 다시 꺼내는 송. 화면의 뭔가를 조작한다.
 갑자기 서로의 얼굴을 쳐다보는 요원들.
"지금 배가... 너가 그랬어?"
 민의 물음에 고개를 끄덕이는 송.

배가 수면 위를 향해 올라가고 있다. 이걸 레이첼 없이 하다니, 순간. 이 일은 모두의 손을 떠나버렸다.
이제 그들은 돌아올 수 없는 강을 건넌 거다.
"다들 날 따라와. 우리에겐 30분이 있어."
앞장서서 먼저 재배실 밖으로 나가는 송.
잠시 멍한 상태로 있던 요원들. 하나 둘 그 뒤를 따라간다.

*

펜라이트 조명이 어둑하게 길을 밝힌다.
갑자기 멈춰서는 송. 훈련장 한 복판이다.
송의 시선을 따라 위를 향하는 빛줄기.
천장을 비추면, '라'계 행성 그림이 보인다.
예전에 매일 아침 눈 뜨면 보이던, 기억 속 그 그림이다.
펜라이트를 민에게 넘기는 송. 천장의 정 중앙, 라의 그림을 바라보며 단말기의 버튼을 누르면,
라가 양옆으로 갈라지기 시작한다!
놀라서 자신의 입을 틀어막는 릴리.
곧이어 갈라진 그림 사이로 사다리 계단이 내려온다.
가슴께에서 멈추는 계단.
송이 그 계단을 붙잡아 타고 올라가기 시작한다.
"25분 남았어. 움직여."
놀라 쳐다만 보고있는 일행을 송이 재촉하면, 그제야 한

명씩 뒤따라 오르기 시작한다.
 요원들을 비추다, 맨 마지막으로 계단을 오르는 민.
 한칸한칸 디뎌 천장 높이를 넘어서면, 마침내 선체를 벗어나 바깥이다!

 거울같이 조용한 바다.
 하늘 한 쪽, 붉게 빛나는 '아커'가 떠 있다.
 붉은 바다다.
 처음 보는 풍경에 할 말을 잊은 채로 멈춰있는 요원들.
 "파이오니어 12호의 꼭대기에 오신걸 환영합니다!~"
 요원들을 향해 송이 말한다.
 "사령실에서 일하면서 이 배에 관한 많은 걸 알게됐지. 그 중 하나가 이 장소야."
 "지금 우리 보호복도 안 입은거 알아? 만에 하나 드래곤이 오면, 끝장이야..."
 톰이 중얼거린다.
 "걱정마. 드래곤들은 밤에 안돌아다녀. 나 아니었으면, 이런 곳이 있다는 걸 죽을때까지 몰랐을 걸~"
 "진짜 사랑해 송. 최고야! 나 지금 죽을거같애!~"
 릴리가 팔짝 뛰며 호들갑을 떤다.
 "얘들아! 사실 내가 준비한 진짜 비밀은 이거야!"
 갑자기 소리치며 단말기의 버튼을 누르는 송.
 열려있는 출입구를 통해 이주선의 비상 경고음이 들려온다.
 그리고 덜컹, 뭔가 열리는 소리.

이윽고 '펑' 소리와 함께 선체로부터 뱉어지는 7기의 비상 탈출선의 모습. 동시에, 우우웅~ 모터소리를 내며 어디론 가를 향해 떠나는 상륙정 두 척의 모습이 보인다.
 이주선에 실려있던 모든 배들이 다 밖으로 나와버렸다...
 그자리에 얼어 붙는 일행들. 잠시 후, 맥스가 가장 먼저 후다닥 선체 안으로 튀어들어간다.
 "난 아무것도 모르고, 여기 온적도 없어! 이건 전부 다 니 책임이야!!"
 소리지르며 맥스를 뒤따라 내려가는 톰.
 "도대체... 너..."
 송에게 뭐라고 말하려 애쓰는 민. 하지만 충격때문에 말이 제대로 나오지 않는다. 내일 생일파티에 갈 탈것을 엉망으로 만들어 놓은 것 때문이 아니다.
 이정도의 사고면... 레이첼이...
 "생일축하해."
 민에게 씨익 웃으며 말하는 송.
 그대로 바다를 향해 뛰어든다!

*

26시 50분.
훈련장에 일렬횡대로 선 요원들.
그들 앞, 송과 레이첼이 마주보고 서 있다.

가장 먼저 뛰어들어간 맥스가 레이첼을 깨웠고, 레이첼이 작동을 시작한 순간, 모든 일이 순식간에 정리됐다.
 시스템 조작으로 강제 사출시킨 배들은 시스템 명령에 의해 다시 복귀했고, 바다에 둥둥 뜬 채 아커를 감상하던 송은 선체 위로 올라온 경비로봇들이 경고사격을 한 번 하자, 자진해서 돌아왔다.
 이로서 발생 10분 만에 모든 상황이 종료됐다.

 송의 젖은 머리에서 아직도 바닷물이 뚝뚝 떨어진다.
 "내일 행사 뿐 아니라, 이주지에 가려면 반드시 상륙정이 있어야 해요. 그 상륙정 한 대가 지금 사라졌어요."
 레이첼의 말에 송은 미친것처럼 실실 웃을 뿐이다.
 "다행히 예비 상륙정은 무사히 복귀했습니다. 비상 탈출선들도 다 회수 했고요. 따라서 계획에 차질은 없을 것입니다. 이시간부로 송의 모든 권한을 박탈합니다. 완전한 수사 결과가 나올때까지 감금실에 있도록."
 말이 끝나자, 뒤쪽에 대기하던 경비로봇이 송의 양 팔을 붙잡고 끌고간다.
 "...송이 한 일은 인류에 대한 테러행위입니다. 맥스의 말에 의하면, 아무도 이 일에 관여한 사람이 없다던데. 사실입니까?"
 레이첼이 나머지 요원들을 바라보며 말한다.
 "네 맞습니다. 저희는 송이 시키는대로 따라나왔을 뿐입니다."
 한참 만에 톰이 나서서 답한다.

웬일인지 요원들에게 다가와 한 사람씩 찬찬히 눈을 들여다보는 레이첼. 마음 속을 읽고 싶다는 걸까?
 "그래요. 내일이 생일이란 말이죠? 내일 생일파티 이후에..."
 뭔가 벌칙을 말할 것 같은 분위기.
 여태 이정도까지 큰 사건은 없었으니까, 도대체 무슨 벌을 받게될지 상상이 가지 않는다. 요원들이 긴장해서 마른침을 삼킨다.
 "...우리는 이주지로 갑니다."
 레이첼의 말이 끝나자마자 환호성을 지르며 제자리에서 뛰는 요원들.
 "송이 왜 갑자기 그랬을까요? 분명히 뭔가 이유가 있을텐데요?"
 착 가라앉은 소리로 민이 말한다. 아까부터 제자리에 서서 가만히 레이첼을 노려보고 있었다.
 "송은 이주지 이송 후, 그곳에서 자세한 조사를 시작할 예정이에요."
 "생일파티에는요?"
 "조사 결과가 나오기 전까지, 송은 감금상태로 있을겁니다."
 "송도 있어야돼요."
 "불가능합니다."
 "송이 없다면... 저도 안가겠습니다."
 다시 심각해진 분위기. 레이첼이 변함없이 똑같은 표정으로 민을 응시한다.

"여러분, 들으세요. 모든 일정을 마무리한 요원만이 책임자의 허가를 받아 이주지에 갈 수 있습니다. 한가지 더. 책임자 권한은 즉결 처형까지 포함한다는 걸 명심하세요. 민. 내일 생일파티에 나오지 않으면 일정을 마무리 하지 못한게 되요. 내일 생일파티에 참여할거죠?"
"송의 동료이자 가장 친한 친구로서, 그럴수 없습니다. 다른 요원들도 그렇게 생각할 거구요."
'도대체 어쩌려고 저러는거야?'
'그래 그럴수 없지!'
'이제 자야돼...'
 제각각의 표정을 얼굴에 떠올린 요원들. 그저 레이첼만 쳐다 볼 뿐이다.
"좋아요. 다수결로 결정하죠. 내일 생일파티에 송이 없어도 된다고 생각하는 분?"
 톰과 맥스가 손을 든다. 잔인한 놈들.
 나머지는 손을 들지 않았다.
"그럼 송이 있어야 한다고 생각하는 분?"
 민이 손을 들면, 릴리와 레오가 따라서 손을 든다. 딴청을 피우며 기권하는 잭. 이미 찍힌 송을 편들어 레이첼에게 밉보이고 싶지 않았을 것이다.
"...알겠습니다. 내일 생일파티에 송도 참석 시키겠어요. 모든게 정리됐네요. 이런 상황이 발생했으니, 훈련없이 아침8시까지 취침하도록. 내일 생일파티는 아침 9시. 희망의 섬에서 진행됩니다. 해산."
 말을 마치자마자 사령실로 가버리는 레이첼. 요원들이 한

숨을 쉬며 각자의 방을 향해 걸어간다.
"잘했어. 고마워."
 조그맣게 귓가에 속삭이고 가는 릴리. 7명의 요원들이 어딜가나 함께 해야 한다고 믿는 민으로선 당연히 해야 할 일을 했을 뿐이다.
 이 정도면, 큰 탈없이 오늘을 끝낸 것 같다.
 하지만 민의 마음 속 깊이, 어딘가에 계속 남아있는 불안함의 불씨. 이게 도대체 뭘 의미하는 걸까?

 작업대의 버튼을 누르는 민.
 안 쪽에 걸려있는 보호복이 스캔돼더니, 로봇 팔이 이리저리 움직이며 검사를 시작한다.
 내일 입고 갈 보호복을 점검한다는 핑계로 다시 장비실에 들어왔다.
 멍하게 로봇의 작업 모습을 쳐다보던 민. 문득 뭔가가 생각난 듯, 손잡이 모양의 물체를 꺼내든다.
 플라즈마 블레이드다.
 생각에 잠긴 채 그것을 바라보는 민. 이윽고 결심한 듯 주머니에 단단히 챙겨넣는다.
 나서기전 마지막으로 장비실을 한 번 더 둘러보는 민.
 그 모습을 눈에 담아가기라도 하듯, 찬찬히 바라본다.
 마침내 전원 스위치를 누르면,
 장비실 불이 꺼지며 어둠속으로 사라진다.

3장. 생일

희망의 섬.
상륙정에서 섬으로 뛰어내리는 요원들.
풀 한 포기 없이 온통 모래 뿐인 섬. 바다 가까이 씨램들이 점점이 누워 한가로이 볕을 쬐고있다.
변함없이 황량한 풍경이다.
매 년 생일에는 언제나 흐리거나 비가 내렸는데, 오늘은 날이 화창하다.
민의 헬멧 창에 표시된 온도가 39도에서 1도가 또 올라간다. 생일 파티가 끝날 아침 10시면, 50도를 넘어갈 것이다.
앞장선 레이첼을 따라가는 요원들.
일행의 앞과 뒤를 경비로봇이 경계하며 함께 이동한다.
나름대로 멋진 날인데, 불길함을 느끼는 민.
잠을 잘 못자서 그런걸까? 도대체 뭐가 잘못된 걸까?
민이 모래위를 걸으며 이 우울한 기분의 원인에 대해 추궁해본다.

공연장과 연회장에 천막을 설치중인 로봇들.
이제 이곳에 올 때는 구조물 위로 천막 지붕만 설치한다. 물론 돌아갈 때 거둬가고.
지금도 근처의 어딘가에 반드시 있을 드래곤들도 몇 번의 충돌을 통해 배웠는지, 왠만해서는 모여있는 인간들에겐 접근하지 않는다. 이 모든 것들이 어쩐지 마지막처럼 느껴진다. 불길하다...

민의 바로 앞을 묵묵히 걸어가고 있는 송. 오늘 아침, 집합 시간이 되서야 풀려나왔다.

훈련장에 서서 보호복을 착용하는 동안에도, 단 한 마디도 하지 않았다. 밤을 그대로 새운 듯, 충혈된 눈을 한 채로.

송의 뒷모습에서 어딘지모를 단단한 결심이 느껴진다. 뭔가 일을 꾸미고 있다. 도대체 그게 뭘까?...

공연장 담장을 빙 둘러 지나는 레이첼. 곧바로 연회장으로 향하는 것 같다. 언제나 행사 먼저 하고 밥을 먹었는데, 오늘은 그 반대인가?

연회장 천막 안.

천막 그늘 너머, 빛이 내리쬐는 부분에서 일렁이는 아지랑이가 보인다. 밖은 이제 40도가 넘지만, 천막 안은 선선하다.

정 가운데 테이블에 생일상이 차려져 있다.

대형 케이크를 중심으로, 평소에는 먹어보지 못한 각종 지구 레시피 요리들이 놓여있는 모습.

여느때와 똑같은 생일날의 풍경이다.

"지금부터 식사를 마치고 30분까지 공연장에 집합하도록."

말을 마치고 옆의 공연장 쪽으로 사라지는 레이첼.

지금 시간은 9시 10분. 20분 안에 식사를 끝내라는 얘기다.

닥쳐서야 알 것 같다. 어제 밤 레이첼이 생각한 벌은, 생일인 오늘, 이 식사 후에 기다리고 있는 것이다.

어쩐지 너무하다 싶을 정도로 순순이 넘어간다 싶었다.
투덜대는 요원들 사이, 제일 먼저 송이 헬멧을 벗어 내려놓고 식판을 챙겨 음식들 앞으로 다가선다.
생일날은 배급 제한이 없다.
보기에 거북할 정도로 고기 종류만 골라 수북이 쌓는 송.
한쪽 옆에서 선 채로 걸신들린 사람처럼 먹기 시작한다.
할말을 잊은 채 그 모습을 쳐다보던 요원들. 마침내 마음을 정한 듯, 각자 헬멧을 벗고 식판에 음식을 받기 시작한다.

언제나 그렇듯 다른 무리들과 떨어져 앉는 민.
생일식을 먹기 시작한다.
주방로봇이 준비한 이 요리들은 나쁘진 않다. 로봇의 표정처럼, 무표정할 뿐이다. 잭이 주방을 맡은 이후, 일 년 중에서 가장 맛없는 음식을 먹는 날이 생일이 된 건, 웃지 못할 사실이다.
여느때처럼 4칸에 4종류의 음식을 담은 민의 식판.
생일날만 먹을 수 있는 특식, 아이스크림.
생일 케이크 한 조각.
떡볶이.
그리고 한국식 찜 스타일로 조리된, 씨램 고기다.
생일에 먹고싶은 음식을 말하라고 해서 말했더니, 이렇게 나와버렸다.
다른 요원들은 별 관심이 없는건지 기대를 안하는 건지, 아무도 말하지 않았다.

제일 먼저 고기.
 포크와 나이프를 다 써서 먹는다.
 으으음... 일단 고기는 푹 삶겨져 부드럽게 씹힌다.
 달착지근한 짠맛이 느껴지는데... 씨램 특유의 비린내와 섞여서 썩은것 같은 쓴 맛이 됐다.
 ...괜히 말했다는 후회가 밀려온다.
 로봇이 하는 조리의 한계는 고기 요리에서 극명히 드러난다는 사실을 다시한 번 깨닫는다.
 아이스크림을 먹어 입가심을 시도한다.
 눈 같은 상태의 아이스크림. 스푼으로 한 입 떠먹으면, 우유성분이 전혀 없어서 슬러시를 먹는것 같기도 하다.
 차가우면서 새콤달콤한 맛이 입안에 남아있던 씨램 비린내를 날린다. 훌륭히 제 역할을 해줬다.
 떡볶이는 매콤달콤한 맛이다.
 쌀 반죽 찐 것을 매콤달콤한 양념에 볶아낸 요리인데, 식사라기 보다는 군것질 같은 느낌이다. 언제부턴가 생일날은 꼭 먹는, 민이 찾아낸 최고의 로봇요리.
 이것만큼은 로봇이라도 완벽한 것 같다.
 마지막으로, 언제나 그렇듯, 케이크를 먹는다.
 겉을 두르고 있는 크림은 우유성분을 대체하는 식물 기름으로 만들어진 것으로, 결론적으로 달다. 상당히.
 빵부분은 구워진게 아니라 쪄진 것. 부드럽긴 하지만 찜 종류의 부드러움에다, 쌀이 재료다. 찐 쌀인 것이다.
 9번째 맛보는 케이크인데. 맛이 한결같이 똑같다. 하지만 생일인데 케이크를 안 먹을수 없다.

모든 요원들이 같은 생각으로, 케이크 만큼은 항상 텅 비었는데, 오늘은 한 조각이 남았다.
 송이 먹지 않았다.
 눈 앞에 바라보이는 송은 더 많이 먹기 위해 손을 사용해서 고기를 집어먹기 시작한다.
 식판에 온통 고기만 담은 걸 벌써 반 이상 먹어치웠다.
 사령실 멤버들이 등을 돌린 송. 사냥 멤버들은 송이 아예 없는 사람처럼 행동하고 있다.
 잔인한 녀석들...
 그럼, 저걸 말릴 사람은 나밖에 없잖아?
 하지만 섣불리 다가갈수는 없다. 그렇다고 외면할 수도 없고. 분명히 뭔가 꿍꿍이가 있는것 같은데...
 시선은 송을 향한 채, 식판의 케이크를 계속 먹을 뿐이다.

 무릎 위로 단말기를 올려놓고 앉아있는 요원들.
 공연장에 집합한 요원들에게 레이첼이 시험을 본다며 단말기를 꺼내라고 명령했다.
 "이 시험에 통과하는 사람 만, 배에 탈 수 있습니다."
 웅성대는 요원들. 이건 벌이 아니라 처형수준이다.
 분명히 송 때문에 이렇게 된 것 같다.
 "통과하지 못하면, 여기 버리고 간다는 거에요?"
 평소처럼 생각나는 대로 질문을 던지는 민.
 "주관식이에요. 문제는 3개. 10시까지 30분간. 최선을 다해 답하도록. 그럼, 시작하세요."
 대답을 대신한 설명으로 말을 마치는 레이첼. 그리곤 단상

위에서서 미동도 하지 않는다.
 지금까지 일 년에 한 번, 심리검사같은 시험을 보긴 했다. 하지만 객관식이었고, 매우 좋음, 또는 절대 그렇지 않음 같이 바보도 맞출 수 있을 듯한 답을 대충 빠르게 찍고 넘어가게 다였다.
 그런데 이제와서 주관식이라니...
 쓰기를 시작하는 톰과 맥스의 모습. 나머지 요원들도 쫓기듯 단말기 화면의 키패드를 두드리기 시작한다.
 송은... 정신 나간 사람처럼 먼 바다를 응시하며 앉아있다.
 "시험 안볼거야?"
 말을 걸어보는 민. 잠시 고개를 돌려 슬픈 표정으로 웃어보이는 송. 다시 바다로 시선을 돌린다.
 "어서 시작하세요 민. 답안의 내용도 보지만, 성의도 보니까. 시간이 줄어들고 있어요."
 거역하기 힘든 레이첼의 말. 할 수 없이 단말기 화면으로 돌아간다.

   1. 자기소개

   2. 왜 이주지에 가는지

   3. 하고싶은 말

거대한 벽을 바라보는 것 같은 기분.
문제가 이상하다거나 그런 건 아니다. 써져있는 것처럼 단순하다.
 그냥 여태 배운대로, 성심성의껏 답하면 된다.
 그럴듯 하게 장단 맞추는 걸 직접 쓰는게 이렇게 어려울 줄이야...
 객관식이였다면 선택하고 치웠겠지만, 이런 상황에서는 억지로 쓰려고 해도 내키지가 않으니까 더 못하겠다.
 어딘가에서 읽은, '인간은 감정의 동물이다'라는 말이 지금의 민에 해당한다.
 논리적으론 하면 될 일인지 몰라도, 감정이 상했다.
 통과하지 못하면 버리고 간다니... 아무 생각도 떠오르지 않는다.
 고개를 들자, 무표정하게 쳐다보고 있는 레이첼.
 이런 반응을 예상하고 일부러 이렇게 했다는 생각이 들자 더욱 부아가 치민다.
 "저, 드릴 말씀이 있습니다."
 레이첼을 노려보던 민이 마침내 말한다.
 "전 송이랑 같이 여기 남겠습니다."
 답안을 적던 다른 요원들과 함께, 멍때리던 송까지도 민을 돌아본다.
 될대로 되라지. 어쩌면 끈질기게 맴돌던 민의 불안감은 이런 파국을 예상해서였는지도 모른다.
 "다시 말할테니 잘 들어요. 이 시험에 통과한 사람 만, 배에 태웁니다."
 알아서 하라는 말이다. 시험을 통과한 요원 만 살 수 있다는 말. 시험에 통과하지 못하면 죽는다.
 지금까지의 경험상 저 말이 얼마나 확실하게 지켜지는지는 모두가 잘 안다. 저 기계의 말은 언제나 정확하고 치명적이었다.
 민과 송을 바라보며 머뭇거리던 요원들이 다시 각자의 단말기로 돌아간다.
 레이첼에게 목줄을 잡힌 듯한 이 삶은, 이주지에 가면 더 심해질지도 모를 노릇이다. 지금 여기서 끝내는게 나을지도...
 홀가분한 기분으로 먼 바다를 바라보는 민.
 힘들어지기 전까지의 남은 시간동안, 이 멋진 정경이나 마음껏 만끽해야 겠다.
 "고먼이 쳐들어올 때, 로봇보다 더 쓸모있는게 인간인데, 민이 없으면 누가 인간들을 훈련시키죠?"
 갑자기 레이첼에게 말하는 송. 레이첼은 변함없는 로봇의 표정을 한 채 바라볼 뿐이다.
 지금껏 레이첼은 어떠한 경우에도 협상을 한 적이 없다. 송은 지금 민에게 말하고 있는 거다.
 "...장비 수리는 누가하고요? 당신 계획에서 이주지의 안전이 제일 클텐데. 안전을 버릴 수 있겠어요?"
 송의 말에서 비장함이 전해져 눈물이 나려고 한다.
 민에게 배로 가라고 말하고 있다.
 분명한건, 송에게 분명히 이러는 이유가 있다는 거다.
 그렇게 생각하니 안할래야 안할 수가 없다.
 단말기 화면으로 돌아가는 민. 답안을 적어넣기 시작한다.

공연장 입구 앞.
헬멧을 착용한 요원들이 레이첼 앞에 서있다.
천막을 거두고있는 로봇들의 모습.
헬멧 창에 표시된 온도가 이제 50도를 가리키고 있다. 전원 잔량은 30%. 전원이 꺼진 상태의 보호복은 빛에 데워질 경우 내부가 더워진다. 이대로 여기 남겨진다면 30분 후에는 보호복을 벗어야 할것이다.

"여러분은 인류를 대표해서 이 자리에 있습니다."
레이첼이 말하기 시작한다. 평가 작업을 끝낸 모양이다.
"인류의 미래가 걸린 일을 하고 있습니다. 또한, 모든 일은 행성개척 위원회에서 계획하고 결정한 사안입니다. 다시한번 강조하지만 저는 그러한 여러분의 자질과 적합성을 판단할 권한이 있습니다."
잠시 멈추고 요원들을 보는 레이첼. 침묵만 흐른다.
"시험결과, 송을 제외한 나머지 요원들은 저와함께 이주지로 가게됩니다. 이로서 19번째 생일파티를 마치겠습니다. 성인이 된 것을 축하합니다."
이 시험의 목적은 복종이었다.
자기의 진짜 모습이 어떤지, 원하는 게 뭔지, 앞으로 뭘 어떻게 하고싶은지가 아니다. 전체 상담시간때처럼, 복종이 핵심이다.
그렇게 칭찬 받았다면 칭찬 받은 걸 쓰면 되고, 벌을 받았다면 반성했던 걸 쓰면 된다.

최대한 반듯하게, 그 동안 레이첼에게 했던 말들을 생각나는 대로 적어낸 민. 아마 다른 요원들도 마찬가지 일것이다.
 그러나 송은 끝까지 아무것도 쓰지않았다.
 도대체, 왜...
 모래섬의 풍경만큼이나 황량한 침묵이 흐른다.
 근처에 대기하던 주방로봇이 송의 앞에 네모난 통 하나를 내려놓는다.
 "오늘은 생일이니까, 특별히 남은 음식은 주고 갈게요. 이 순간부터 송은 알아서 살도록. 그럼, 요원들은 상륙정으로 이동하세요."
 서로 눈치만 보며 제자리에 서있는 요원들. 레이첼 옆에 있던 경비로봇들이 플라즈마 건을 들어 올리는데...
 "마지막 부탁이 있어. 친구들과 작별인사는 하게 해줘."
 송이 레이첼을 향해 말한다.
 "저 범죄자가 친구인 사람은 이중에 없겠죠?"
 요원들을 향해 차갑게 말하는 레이첼. 민 혼자 손을 든다.
 "...어쩔 수 없지. 짧게 하세요."
 플라즈마 건을 도로 내리는 경비로봇들. 민이 송에게 다가간다.
 헬멧 너머 서로의 얼굴을 마주보는 민과 송.
 송이 입모양으로 '헬멧 벗어'라고 하며 자신의 헬멧을 벗는다. 따라서 헬멧을 벗는 민. 허리께의 고정 장치에 헬멧을 걸면, 곧바로 얼굴 피부를 태우는 것 같은 햇살이 느껴진다.

"조심해. 레이첼이 보고있어."
 귓가에 다가와 속삭이는 송. 다음 순간, 갑자기 민의 머리를 양 손으로 붙잡고 입을 맞춘다.
 지켜보던 요원들. 당황해서 웅성대고...
 숨막혀 밀쳐내고 싶지만 최대한 참는 민.
 난생 처음 해보는 키스다.
 작별 인사를 마친 송.
 주방 로봇이 남긴 통을 질질 끌며 공연장 담벼락의 그늘을 향해 걸어가기 시작한다.
 "자 그럼 요원들, 이동하세요."
 레이첼의 재촉에 상륙정을 향해 말없이 이동하기 시작하는 요원들. 그렇게 송과의 거리가 점점 멀어져간다.

*

 방에 돌아온 민.
 닫힌 문에 기댄 채로, 입 안의 뭔가를 손바닥에 뱉는다.
 빨간 빛을 내는 손톱만한 조각. 단말기 복구용 칩이다.
 어제 송이 고백했던, 비밀 일기장이 들어있다는 것.
 송과 마지막 작별인사를 나눌 때, 키스하는 척 송이 입을 통해 민에게 줬다.
 이 안에 송이 말하려고 했던 진짜 비밀이 있을것이다.

"여러분. 이 배는 지금 이주지로 향하고 있습니다."
 조금 전, 배로 돌아온 요원들 앞에서 레이첼이 말했다.
 평소와는 달리, 어딘가를 향해 이동중인 이주선의 움직임이 느껴진다.
 드디어. 19년 만에 육지로 가는데, 무거운 침묵만 흐를 뿐이다.
 다들 섬에 남겨진 송에 대해 생각하고 있는것이 분명하다.
 "오후 4시에 도착할 예정이니까, 각자 휴식을 취하며 이주지에서의 첫 날을 준비하도록. 해산!"
 말을 마치고 사령실 쪽으로 사라지는 레이첼.
 어쩐지 축 처진 요원들이 뿔뿔이 각자의 방으로 흩어진다.
 결국 잘못하면 언제든 죽을 목숨이란걸 좀 전에 눈앞에서 목격한 터. 가장 기뻐야 할 날이, 가장 잔인한 날이 되버렸다.

 눈 앞의 단말기 모니터를 뚫어져라 바라보는 민.
 긴장한 표정이 역력하다.
 모니터 옆 여닫이 커버를 열고, 복구용 칩을 꽂기위해 손을 뻗는 민. 문득 손길을 멈춘다.
 뭔가가 마음 한쪽에 걸린다.
 잠시 방안을 서성이며 생각을 굴려보는 민.
 이건 도와줄 누군가와 함께 봐야 할 것 같다.
 누가 좋을까?

툭.툭.툭.

문을 두드리면, 특수합금이 내는 둔탁한 소리.
아무 반응이 없다.
다시 두드리려 손을 올리는데, 보안패드의 빨간 빛이 초록 빛으로 변하며 스르륵 문이 열린다.
불을 켜지 않은 어둑한 방 안. 책상 위에 걸터앉은 릴리가 민을 노려보고 있다.
한 번도 보지 못한, 잔뜩 화가 난 표정이다.
"그렇지 않아도 찾아가려고 했는데. 마침 잘 왔어."
릴리가 먼저 말을 꺼낸다.
"송을 저대로 죽게 두는건 말도 안돼는 일이야. 지금..."
갑자기 손으로 릴리의 입을 틀어막는 민.
재빨리 릴리의 눈 앞에 가져온 단말기의 옆면을 보여준다.
모니터에 꽂힌 빨간 칩의 모습. 송의 일기장이다!
알아본 릴리의 눈이 동그랗게 커진다.
단말기 화면을 릴리에게 보이는 민.
미리 써 놓은 글이 화면에 띄워져 있다.

    감시당하고 있어. 글로 말할게.
    송이 우리한테 알리려 하는 얘기가 있어.
    너랑 같이 보려고 가져왔어.

다 읽은 릴리, 빠르게 고개를 끄덕이고...
민, 송의 비밀일기 파일을 찾아 화면에 불러낸다.

'민에게. 내 계획이 성공했다면, 지금 이 글을 읽는 넌 아마 이주지로 향하는 배 안일거야. 이제부터 내가 할 이야기는 전부 진실이야. 시간이 없으니 최대한 짧게 설명할게...'

 긴장한 채 집중해서 송의 이야기를 읽어내려가는 민과 릴리. 끝까지 다 읽고 보면 10쪽 정도 되는, 적지않은 분량의 글이다.
 정리해본 내용은 다음이다.

 행성개척 위원회의 위원장은 사실 자신의 본 모습을 철저하게 숨기고 살던 싸이코패스였다. 그는 몰래 이주선에 탑재될 인공지능 시스템을 바꿔치기 했는데, 그게 발각되어 붙잡히기 직전에 스스로 목숨을 끊었다.
 사태를 파악했을 때는 이미 모든 이주선이 임무를 위해 출발한 후. 그 이주선들에 원격 접촉을 시도했으나, 당연히도 이주선 시스템이 그것을 차단했다.
 결국 진실의 순간은 찾아왔다. 파이오니어 12호가 이주지 건설에 성공한게 그 빌미를 제공했다. 몇 달 전. 이주선 시스템을 이주지 시스템으로 확장하기 위해 검사하던 송이 우연히 달로부터의 접촉 시도 상황을 발견한 것. 어떤 이유에서인지 사태의 전모를 알리는 경고 메시지도 온전히 함께 말이다. 내용은, 이주선 시스템 레이첼의 실체다.
 위원장은 자기 뇌를 복제해서 만든 인공지능의 이름을 레이첼이라고 지었다.

 레이첼은 절대 군주적 지배자로, 인간들은 그의 명령을 보조하는 일꾼으로 살도록 정했다. 인공지능 시스템의 상태로 영원히 이어질 레이첼 군주의 왕국이 만들어지는 것이다.

 개중에는 레이첼에게 기회를 얻어 자신의 꿈을 키워갈 인간이 생길지도 모른다. 위원장이 싸이코패스라니까, 레이첼에게 기회를 얻는 인간도 싸이코패스일 가능성이 크겠지만. 심지어 인공지능과 결합한 상태의 자아이기 때문에, 그 실체가 정확히 위원장인지도 불문명하다. 그야말로 인공지능 싸이코패스의 탄생이 됐다.

 원래의 이주선 시스템은 수동적인 상태로, 인간을 보조하는 역할 중심인 것과는 전혀 다른 이야기다.

 결론은, 레이첼을 삭제해야 한다는 것. 이주선 시스템을 삭제해야 한다는 말이다. 인류의 미래를 위해서.

 송은 작전에 대해서도 적어놓았다.

 레이첼을 사령실 밖으로 나오게 해야 한다.

 비상 탈출선을 이용해서 레이첼의 관심을 끈다.

 어떤 방법을 쓰든 사령실에는 반드시 들어가야만 한다.

 그래야 시스템을 삭제할 수 있다...

 마지막으로 일이 성공한 후, 다시 만날 때 필요한 정보들을 알려주고, 송의 글은 끝났다.

 심란한 듯, 각자의 생각에 잠기는 릴리와 민.

레이첼이 얼만큼의 힘을 가졌는지는 이미 너무도 잘 안다. 당연히 레이첼은 가만히 있을리가 없고. 게다가 경비로봇까지 있으니...
시뮬레이터로 전투훈련때 했던 것처럼만 할 수 있으면 된다. 레이첼을 타깃으로. 일단 다 함께 작전을 짜야 한다.
지금 레이첼의 감시가 미치지 않는 곳은... 민의 장비실이다.

'나한테 생각이 있어. 전부 다 데리고 장비실로 와줄 수 있지?'

민의 글을 확인한 릴리. 고개를 푹 숙인 채로 답이 없다.

'날 한 번 믿어 봐. 30분 후에 보자.'

포기하지 않고 다시 화면을 들이미는 민. 말없이 민의 눈을 응시하던 릴리가 나지막히 한숨을 쉰다.

*

훈련장.
충전중인 보호복들을 떼어내, 카트 위로 차곡차곡 쌓는 민.

"지금 뭐 하는 거죠?"

갑자기 들리는 소리. 사령실 복도 그늘에 레이첼이 서있다.

"내가 분명히 휴식을 취하라고 했을텐데요?"

레이첼이 순식간에 민 옆으로 다가온다. 역시, 지켜보고 있었다.

요원들이 보호복을 착용하면 확률상 위험요소가 증가하기 때문에, 분명히 나타날 거라고 생각했는데, 추측이 맞았다. 보호복 충전 시스템에도 레이첼이 연결되어 있는 것이다.

"돌다리도 두드려 보고 건너라."

전혀 당황하지 않는 민. 레이첼을 빤히 보며 말한다.

"동양 속담이군요. 이주지 도착하기 전에 장비를 점검한다는 거에요?"

"제가 장비실 담당이니, 할일을 해야죠."

어떻게 할까요? 하는 표정으로 손에 든 보호복 파트를 흔드는 민.

"입으세요."

선장복을 벗어서 빈 충전자리에 걸어놓는 레이첼. 훈련장 한가운데로 가서 선다.

기억 속, 처음 레이첼과 대련을 했던 순간이 똑같이 반복되는 듯한 정경이다. 잠시 멍 해져 서있던 민. 곧이어 보호복을 착용하고 전투모드를 켠다.

9년 만의 대련이다.

"얼마나 늘었는지 볼까요?"

앞에 선 민에게 레이첼이 덤비라는 손짓을 한다.

이번엔 민이 레이첼의 주변으로 원을 그리며 돌기 시작한다...

2049년 7월 4일. 세계 무술대회 결승전.
 영상 속 자막이 사라지며, 이윽고 **빽빽한** 관중이 층층이 에워싼 실내 경기장의 모습을 훑듯이 보여주는 화면.
 경기장 한가운데, 두 명의 선수가 서로를 마주보고 있다.
 민의 아빠인 용호찬과, 또 다른 한 명은 아프리카 대륙 출신의 나요 몸바사베.
 거인 같은 몸바사베와, 상대도 안 될 것 같은 외소한 용호찬의 싸움. 다윗과 골리앗의 싸움을 연상시킨다.
 지구가 멸망하기 직전, 미국 마이애미에서 열렸던 세계 무술대회 결승전에서, 아빠는 1회전 2분 30초만에 몸바사베를 KO로 꺾는다.
 민이 수천번도 더 본 영상이다.
 양 다리와 양 팔의 자세를 조금씩 계속해서 규칙적으로 바꾸는 아빠. 맞은편 몸바사베는 양 손을 반쯤만 들어올린 상태로 춤을 추는 것처럼 스탭을 밟고있다.
 좀처럼 간격을 줄이지 못하는 양 선수.
 엄청난 신경전에 보는 사람의 입이 바짝 마른다.
 2분을 막 넘긴 순간,
 동시에 서로를 향해 달려드는 둘. 두 세번의 합을 맞추며 주먹과 발차기를 교환하는데... 배를 때리고 원투 펀치로 머리를 때린 후 곧바로 무릎 높이로 몸을 낮춰 상대를 넘어뜨리는 아빠. 배, 머리, 다리 순으로 연타가 모두 성공하며 몸바사베의 몸이 휘청 넘어간다. 이후엔 폭격 하는것처럼 항복 직전까지의 무차별 공격을 하고, 종이 울리며 아빠의 승리가 선언된다.
 통산 7번째의 우승이다.

 지금 눈 앞의 레이첼도 마찬가지. 거인이나 다름 없다.
 한 번 잘못 맞으면 끝. 빠른 속도로 피하고, 빈틈을 찾아야 한다. 지금까지 아빠의 영상을 보며 수천 번 연습해왔다.
 순간 달려드는 민. 몇번의 타격이 오가면, 스피드 만큼은 레이첼을 따라잡았다는 감이 온다.
 이때다.
 중간 - 위 - 아래 순의 필살기를 날리는 민. 아빠가 써먹었던 것과 같다.

퍽, 퍽, 탁...

 마지막 순간에 레이첼에게 막히는 하단공격.
 공격받아 상체의 균형이 흩어진 상태에서 동시에 하체를 방어하는, 인간이라면 절대 할 수 없는 움직임이다.
 레이첼의 균형제어장치가 위험을 계산한 결과로 낸 동작일 것이다.
 레이첼의 무릎 부위를 양 손으로 붙잡은 상태로, 계속 힘 주어 밀며 안간힘을 써보는 민. 마침내 포기하고 털썩 주저앉는다.

"잘 했어요. 그정도면 훌륭해요."
 레이첼이 칭찬을 한다. 곧바로 선장복을 걸쳐입고는 사령실 쪽으로 사라지는 레이첼.
 다시 훈련장이 텅 비었다.
 몸을 추스려 보호복을 벗어내는 민.
 졌다는 사실에 기운이 빠진다. 어쩌면 조금 후에 또 다시 싸워야 할 지도 모르는데... 심란하다.
 레이첼이 더이상의 공격을 하지않았던 건, 민이 처리해야 할 수리시간을 늘리고 싶지 않았기 때문일 것이다.
 나머지 보호복을 전부 카트에 올려담은 민. 카트를 끌고 장비실로 들어간다.

*

 장비실 안.
 릴리를 뺀 4명의 요원들이 똑같이 팔짱을 낀 채 민을 노려본다.
 "뭔 일이야 대체. 바다에 던져지고 싶은거야?"
 맥스가 신경질적인 어조로 쏘아붙인다.
 무슨 말을 한거야? 라는 표정으로 릴리를 쳐다보는 민.
 "말 길어지면 안되잖아. 다들 닥치고 지금부터 민이 하는 말, 새겨들어."
 평소대로 분위기를 잡아주는 릴리. 목숨이 달린 문제라고

만 하고 데려왔다.
 요원들의 얼굴을 찬찬히 둘러보며 고개를 끄덕이는 민. 모두들 송에게 일어난 일로 화가나있는게 분명하다. 지금 이 순간이 아니면, 영원히 불가능할 일을 시작한다.

 "간단히 말해서, 이주지에 도착하기 전에 레이첼을 삭제해야해. 그렇게 할 폭탄이 이거고."
 말하며 송의 데이터 칩을 들어보이는 민.
 "어?! 그건 어제?..."
 "아까전 섬에서 받아어. 우리의 이주선 시스템은 행성개척위원회가 만든, 진짜가 아니야. 위원장이 자기 자신을 복제한 걸로 바꿔치기 했어. 위원장은 사이코패스고. 여태 레이첼을 겪어봐서 알거아냐. 우리가 미치지 않고 지금까지 버틴건 기적이라고. 하여튼 그게 이주지로 옮겨지면, 우리 모두는 물론, 이 행성은 끝장이야. 인류도 끝이고. 전부 다 레이첼의 노예 노릇을 하면서 살게 될거야. 죽을때까지."
 의외로 차분한 분위기. 고개를 끄덕이기도 한다.
 "뭐야 갑자기. 그 말을 어떻게 믿으라는거야? 증거있어?"
 나서서 말하는 잭. 사령실 멤버인 맥스와 톰이 들으라고 하는 말인 듯, 그 둘을 노려보고 있다.
 "그 증거로 송이 저렇게 됐잖아. 희망의 섬에 버려진거."
 "어떻게 할건데?"
 맥스가 알아들었다는 듯, 비장한 표정이다.
 "고맙게도 송이 여기에다가 방법도 자세하게 알려줬어."
 민이 또다시 데이터칩을 흔들어 보인다.

"시작하기 전에 사령실 멤버들한테 부탁할게 있어. 너희 둘 중 한명은 나랑같이 사령실로 가야겠는데. 누가 갈래?"
 맥스와 톰을 번갈아 쳐다보는 민.
"내가 갈게."
 톰이 손을 든다. 지금껏 하던 대로, 이번에도 먼저 손을 들었다. 심각한 상황인데 웃음이 터져나온다.
 하지만 이번 만큼은 톰도 기분좋게 활짝 웃고있다. 늘 무표정이던 톰에게서 보는 처음 보는 웃는 표정이다. '사람이 죽을때가 되면 안하던 짓을 한다'라는 속담이 떠오른다.
"좋아. 그럼, 이제부터 작전을 말할게."

 작전에는 두 팀이 필요하다. 격납고 팀과 사령실 팀이다.
 먼저, 격납고 팀이 격납고로 가서 비상 탈출선의 작동 코드, 'courage'를 입력하는 것. 송이 미리 셋팅해뒀다.
 순간, 이주선 전체가 비상모드에 들어가며 사령실의 레이첼이 알게 되고, 레이첼은 경비로봇들과 격납고로 달려갈 것이다.
 그 사이 비상 탈출선에 탑승한 격납고팀은 유유히 탈출한다.
 레이첼과 경비로봇의 관심이 격납고에 쏠려있는동안, 사령실 팀이 사령실로 진입. 시스템을 삭제한다.
 레이첼 자리에서, 송의 데이터 칩을 꽂아넣기만 하면 상황 끝. 작전 성공이다.
 그 후 사령실팀도 남아있는 비상 탈출선으로 탈출한다.

송은 만약을 대비한 플랜 B도 만들어 놨다.
이주선을 통째로 폭파시키는 것.
자신의 자리 화면을 켜고 코드명을 입력하면, 자폭 프로그램이 실행된다. 코드명은 'independence'.
기억하기 쉬운 단어다. 이 일의 목적이기도 하거니와...
입력 후 100초 안에 이주선을 탈출해야 한다.
100초 후, 이주선은 '쾅!'... 자폭한다.

"자, 이제 운명의 시간. 격납고 팀을 할지, 사령실 팀을 할지. 선택해."
설명을 마치고 요원들을 둘러보는 민. 아무도 선뜻 나서지 않는다.
"시간이 없어. 매를 먼저 맞냐, 나중에 맞냐의 차이야~"
하여간 모두들 버팅기는데는 선수들이다. 하기야, 인내심이 안 늘 수가 없으니까.
"좋아. 그럼, 가위바위보로 결정해."

보호복을 갖춰입은 요원들.
릴리와 잭, 레오, 맥스가 나갈 채비를 끝낸 듯, 문쪽을 향해 이동한다.
아무도 사령실은 가고싶지 않은지, 넷이 의견 합의를 본 것. 그런데도 표정들이 좋지 않다.
"이거 가져가."
플라즈마 블레이드를 건네는 민.
잭이 나서서 받는다.

"레이첼에게 붙잡힐 것 같으면, 그때 써."
"너넨 어쩌려고?"
"너희가 미끼 역할 이니까 그걸 갖고있는게 맞아. 우린 별일 없을거야. 이걸로 시스템 박살내고나면, 레이첼이고 뭐고 다 멈출테니까."
송의 칩을 흔들어 보인다.
"바다로 나가게되면, 일단 탈출선에 탄 채로 그 자리에서 기다려. 일 마치는대로 우리도 나갈 거니까."
"만약에 안오면?"
궁금하다는 듯이 묻는 릴리. 옆에있던 레오가 그런 릴리를 툭치며 그냥 가자는 신호를 준다.

소리죽여 장비실 문을 여는 요원들.
첫 번째 팀이 완전히 사라지고, 어둠 속에 톰과 민이 남겨진다.
이제 비상상황을 알리는 불빛이 켜질 때까지 기다리고 있으면 된다.
아까 릴리가 물어본 안오는 상황은, 죽은 상황일 것이다.
지금까지 겪어본 레이첼과 로봇들을 봤을 때, 이정도의 위협 상황에는 조금도 망설임 없이 인간들을 제거할 것이다.
제거하지 않으면 자신들이 죽게 될 테니까 말이다.
작전상으론 문제될 것이 없지만, 어쩐지 끔찍한 결말이 기다리고 있는 것 같은 느낌을 지울수가 없다.
공포스럽다.

"그럼, 톰 작가님. 조금있으면 시작될 우리의 마지막 이야기는 어떤 식으로 벌어질까요?"

두려움을 떨치려는 듯, 애써 장난스럽게 말을 건네는 민. 바짝 긴장하고있던 톰이 피식 웃는다.

"아마 레이첼은 우리가 나눈 이야기들을 다 알고 있겠지. 먼저 가서 기다리고 있다가 쟤네들을 다 죽일거야. 그리고 비상 신호를 켜겠지. 남아있는 우리 둘을 위해서. 그리고, 우리가 저 문을 나서는 순간, 끝."

문쪽을 손으로 가리키며 말하는 톰.

"그냥 해피앤딩으로 하면 어디 덧나니? 너무 사실같잖아. 도움이 안돼 도움이. 쳇~"

이 와중에도 민이 성질을 낸다.

"로봇들은 완벽해. 프로그래밍 언어만 봐도 그래, 입력 한 자 틀리는 것 없이 정확하지 않으면 안돼고. 난 아직도 믿겨지지가 않아. 우리가 그 레이첼을 부순다는게. 옳고 그름을 떠나서 믿겨지지가 않는다고. 내 말 이해 돼?"

고개를 끄덕이는 민. 그렇다. 불가능한 일이 벌어졌고, 그 일에 뛰어든 거다. 송에 의해서.

이렇게 생각할 시간이 있으면 있을 수록, 더욱 한치 앞을 알 수 없어지는 기분이다.

*

격납고에 내려서는 잭, 맥스, 릴리 그리고 레오.
맥스가 비추는 펜라이트 조명에 의지해 조심스럽게 앞으로 나아간다.
한쪽으로 보이는 정찰기의 모습. 그 옆에 상륙정이 놓여있고, 그 뒤쪽이 탈출선들이 있는 곳이다.
비상 스위치는 정찰기와 상륙정 사이의 벽면에 숨겨져 있다.
정체를 알 수 없는 보안 키패드만 있는 모습.
릴리가 다가가 송이 말한 코드, 'courage'를 입력하면, 숨겨진 덮개가 열리며 안쪽에 설치된 버튼이 드러난다.

"이걸 누르면, 되돌이킬 수 없는거야. 마지막으로 하고싶은말 없어?"
돌아보며 확인하듯 말하는 릴리.
침묵하는 요원들. 릴리가 고개를 끄덕이며 버튼 쪽으로 손을 가져가는데...
"잠깐만."
뭔가 생각난 듯 외치는 잭.
"내 토치... 가서 바베큐 구워먹으려면 그게 있어야 돼."
"미쳤어?! 가다 걸리면 어쩔려고?"
"이게 있잖아?"
플라즈마 블레이드를 들어보이는 잭.
"너희 먼저 가. 난 어디 잘 숨어있다가 나중에 민이랑 같이 갈게~"

말릴 새도 없이 어둠 속으로 사라진다.
 잭의 소리가 완전히 사라지고, 다시 비상 스위치로 돌아온 요원들.
 심호흡을 한 번 하고는, 버튼을 누르는 릴리.
 머리 위쪽으로 경고등이 깜빡이기 시작하며 주위가 온통 붉게 물들어 보인다.

'위험. 비상상황. 위험. 비상상황...'

 반복적으로 되풀이되는 건조한 시스템의 안내 소리. 곧이어 이주선이 수면 위로 상승을 시작한 듯, 선체가 비스듬이 기울어지기 시작한다.
 이제 1분 내로 이곳에 레이첼이 나타날 것이다.
 휘청대며 탈출선들이 있는 쪽으로 뛰어가는 요원들.
 각자의 탈출선실 문을 열고 들어가려는데...
 갑자기 덜컹, 멈추는 선체. 곧이어 다시 잠수하기 시작한 듯, 선체의 방향이 아래쪽을 향해 기울어진다.
 뭔가 잘못됐다. 어쩔줄 몰라 서로를 쳐다보는 일행.
 "먼저들 가. 너희 무사히 나간거 본 다음에 따라갈게. 한꺼번에 다 나가다 붙잡히면 안돼잖아, 누군가 망을 봐야 돼."
 도로 밖으로 나와서 말하는 맥스. 머뭇거리고 있는 둘의 등을 떠민다.
 "같이 사냥 가는거, 한 번 생각해 볼게. 그럼, 꼭 와야해~"
 맥스를 향해 웃으며 손을 흔들어보이는 릴리. 돌아서서 문 안으로 사라진다.

탈출선실 창문 너머, 차오르는 바닷물을 바라보는 맥스.
 두 대의 탈출선이 각각 선체 밖으로 튀어나가는 모습을 확인하고는, 정찰기로 다가가 조종석에 올라탄다.
 "사냥하러 가는거나 미리 연습해볼까? 어디보자~"
 조종석의 보이는 스위치들을 아무렇게나 누르기 시작하는 맥스. 어느 순간, 작동에 성공한 듯, 프로펠러가 돌아가기 시작한다.
 때마침 격납고에 들어서는 경비로봇들. 상황을 파악하려는 듯 이리저리 고개를 돌려가며 경계하는데,
 경비로봇을 향해서 정찰기를 움직이기 시작하는 맥스. 경비로봇들이 조준사격을 시작하고...
 위태롭게 비틀거리던 정찰기. 마침내 경비로봇들을 향해 돌진한다!

*

붉게 점멸하는 비상등.
민이 장비실 문에 귀를 바짝 댄 채 서 있다.
사령실에서 격납고로 가려면 반드시 장비실 앞을 지나야 한다.
비상 상황을 살피러 레이첼과 경비로봇이 지나가기를 기다리는 중이다.

찰칵찰칵찰칵...

문 밖, 희미하게 로봇이 지나가는 소리가 들린다.
완전히 소리가 사라진 걸 확인한 민.
돌아서 톰을 향해 고개를 끄덕인다.

사령실로 향하는 통로.
민과 톰이 조심스럽게 걸어간다.
원래 어딘지 소름끼치는 곳인데, 비상등에 온통 붉게 물든 모습이 더욱 불길하다.
다른 곳과는 틀린, 뭔가 더 단단한 재질로 된 바닥. 걸을때 울리는 소리가 다르다.
양쪽 벽으로 행성개척 위원회 위원들 12명의 모습과 업적이 전시되어있다.
이쪽으로 몇번 온 적도 있지만, 전엔 위인처럼 보였는데... 실상을 알게되니 그냥 전부 다 한통속처럼 보인다.
결국 누군가의 머릿속 상상을 위한 생체실험을 하는 것 같은 짓거리... 이런 극단적인 미션 자체가 이미 그로테스크한 지점이 있다.
진실은 60광년 너머의 달에 있다.
지금 이 일이 성공해야지만, 나중에 알아 볼 가능성이라도 생긴다.
갑자기 흔들리는 선체. 곧이어 다시 잠수하는 것처럼 방향을 트는 것이 느껴진다. 아무래도 레이첼이 눈치챈 것 같다.
 통로 안쪽으로 깊숙히 들어와버린 둘. 사령실 문이 눈 앞에 있다. 이제, 이 문만 열면 된다.
 보안패드 앞으로 다가서는 톰. 평소처럼 자신의 출입번호를 찍어 넣는다.
 꼼짝도 않는 문. 다시 한 번 입력하려고 하는데,
 복도 입구쪽, 차단벽이 내려지는 모습이 민의 눈에 들어온다.
 멈칫거리며 서 있는 사이, 완전히 닫히는 차단벽.

'침입자 제거. 비상명령 활성화.'

선내 시스템의 건조한 안내 멘트가 통로에 울려퍼진다.
 당황한 채 서로의 얼굴을 쳐다보는 민과 톰. 갑자기 차단벽 앞쪽에 망 형태의 빛줄기가 생겨난다.
 "어? 저건..."
 말 끝을 흐리는 민. 익숙하게 봐 오던, 새하얗게 빛나는 빛의 모습. 장비를 절단할때 가끔 사용했던, 분쇄파다.
 특수합금이 깨끗하게 잘리는 위력을 가졌다.
 통로 안에 존재하는 모든 물질을 파괴할 목적의 위협 대응이 실행된 것. 이 통로가 소름끼치게 느껴지는 이유를 마침내 밝혀낸 듯한 기분이 든다.
 스캔하는 것처럼 서서히 사령실 문을 향해 다가오는 빛의 망.
 "다른방법은?! 다른방법 없어?!"

다급하게 외치는 민. 톰이 계속 보안패드를 눌러보는데...
아무런 반응이 없다.
 마침내 톰도 뒤돌아 민의 얼굴을 쳐다본다.
 다가오는 빛의 망을 향해 마주서는 둘.
 기도하듯 눈을 감은채로 서로의 손을 꼭 잡는다.

쾅!!! 빠지직~ 지지직...

 불꽃과 파편이 튀며 뚫리는 차단벽.
 동시에, 화재 진압 시스템이 작동하며 연기가 온 사방에 자욱하게 퍼진다.
 닿기 직전의 순간, 가까스로 사라지는 분쇄파. 서로를 붙잡고 있던 민과 톰이 안도의 한숨을 쉰다.
 연기속 다가오는 누군가의 그림자.
 "혹시나 해서 왔지. 역시나, 내가 없으면 안됐던 거군."
 잭이 손에 쥔 플라즈마 블레이드를 다시 켜며 말한다.
 "안열리면, 부숴야지. 안그래?"
 말을 마침과 동시에 플라즈마 블레이드를 사령실 문 한가운데 내려꽂는 잭.
 문 위, 점처럼 찍힌 상태의 플라즈마 에너지가 점점 시퍼렇게 커지기 시작한다.
 시간이 흐를수록 커지는, 밀어내는 힘을 온몸으로 버티기 시작하는 잭. 옆에있던 민과 톰이 함께 받치며 힘을 모아주면...

마침내, 굉음소리와 함께 사령실 문이 부서진다!
그 반동으로 한바탕 나동그라지는 요원들.
"어떻게 이게..."
추스려 일어난 민. 믿지 못하겠다는 듯, 부서진 사령실 문을 멍하니 쳐다본다.
"힘을 충분히 쌓이게 만들면, 폭발하거든. 자르는게 아니라 폭발시킨거야. 여기는 우리가 맡을 테니까, 어서 가. 빨리."
민의 어깨를 떠미는 잭. 옆에있던 톰과 함께 다시 통로쪽을 향해 돌아선다.

사령실에 들어선 민.
문 밖에서만 얼핏 봤을 뿐, 들어온 적은 이번이 처음이다.
우주선 조종실이라기 보다, 어딘지... 회사같은 모습이다.
사무 기기들이 배치된 탁상에, 의자를 갖춘 모습.
이주지에서 사용할 모든 시스템과 규칙들을 여기서 만들었을 테니, 그럴 법도 하다.
정 중앙의 거대한 의자가 레이첼의 자리다. 밤에는 아마 저 의자에서 충전할텐데, 앉은 채 잠든 것처럼 보이겠지. 의자 앞쪽으로 여러대의 단말기 화면과 이주선 제어 계기반의 모습이 보인다.
이 자리를 기준으로 왼쪽이 톰, 가운데가 맥스, 그리고 오른쪽이 송의 자리라고 했다.
송이 준 칩을 꺼내들고 레이첼의 자리를 향해 다가가는 민. 단말기 화면들에 온통 비상상황이 발생한 선 내 구역의 위치가 깜빡이고 있다.
 데이터 연결 포트에 칩을 꽂기위해 손을 내미는데...

토도도독.

 등 뒤에서 들리는 작은 소리에 순간적으로 얼어붙는 민.
 뭔가 나타났는데, 피할 시간이 없다.
 돌아보면, 여섯 개의 발로 땅을 딧고 서 있는... 거미 형태의 로봇.
 레이첼의 머리를... '달고'있다.
 공격하려는 듯, 팔 두 개를 약간 앞쪽으로 내민 모습.
 천장에 붙어 있었던 듯, 꼬리 부분 쪽의 점액질의 액체가 천장으로 이어져 있다.
 레이첼은 처음부터 계속 사령실을 지키고 있었던 것이다.
 이 모습이 레이첼이 하는 최종 변신인 건가?

"이쪽이야!!!"
 복도를 향해 외치는 민. 동시에 있는힘껏 점프를 하지만, 레이첼이 이미 조준한 것처럼 자신을 향해 정확히 튀어든다.
 타격의 반동으로 벽 쪽에 내동댕이 쳐지는 민.
 손에 쥔 칩을 놓쳐버린다.
 원형의 레이첼에 비해 속도와 파워가 더 세진듯, 부서져 신체가 드러나버린 보호복. 벌써 방어할 수 없는 상태다.
 겨우 몸을 일으킨 민의 시선에, 근처에 떨어져있는 플라즈마 블레이드가 보인다...
 사령실로 뛰어들어온 톰과 잭. 거미의 모습을 한 레이첼임에도 불구하고 동시에 달려드는데...
 둘의 보호복을 잔인하게 뚫어버리는 레이첼. 상대가 되지 않는 힘과 움직임이, 거의 무적에 가깝다.
 다시 민 쪽을 향해 방향을 틀면, 한 쪽에 선 채 자신을 똑바로 바라보는 민을 발견한다.
 입맛을 다시는 것처럼, 양 손을 비벼가며 천천히 다가오는 레이첼.
 민. 손에 감췄던 플라즈마 블레이드를 꺼내들어 버튼을 힘껏 누르는데... 아무 것도 나오지 않는다.
"으아아아!!!~"
 당황해서 비명을 지르는민. 황급히 뒷걸음질 치는데,
 순간 민을 향해 튀어오르는 레이첼. 민이 마지막 순간까지 포기하지 않은 채 스위치를 누른 블레이드를 치켜든다.

콰직!!~

 사방으로 흩어지는 파편들.
 조심스럽게 눈을 뜨는 민. 눈 앞에 시퍼렇게 솟아있는 플라즈마 블레이드의 모습이 보이고,
 좀전까지 레이첼이었던 로봇은 반 동강이 난 채 고철 덩어리가 되어있다.
 ...레이첼을... 이겼다!

비틀거리며 톰과 잭이 쓰러져 있는 곳으로 가는 민.
이미 죽었다.

'고마워. 너희가 나를, 우리를 구했어. 편안히 잠들길...'

고개를 숙인 채 이들을 위해 기도한다.
 자. 이제 하려던 일을 완수해야 할 차례다.
 바닥에 떨어뜨린 칩을 찾아보는 민. 부서진 레이첼의 조각과 보호복 파편들이 뒤섞여 도저히 찾을 수가 없다.
 그렇다면 플랜 B를 실행한다.
 송의 자리로 가서 앉는 민. 단말기 화면이 자동으로 켜지며, 코드 입력창이 나타난다.
 탁상 위, 빛나고있는 키패드에 'independence'를 입력하고, 전송 버튼을 누르는 민.
 그러자 송의 말 대로 '킬 스위치'라고 표시된 버튼이 화면에 깜빡이기 시작한다.

'이 배를 없애야 우리가 산다. 이건 반드시 해내야 할 일이야.'

눈을 꼭 감은 채 마음속으로 되뇌이는 민.
화면의 버튼을 누른다.

'자폭 실행. 카운트 다운, 100. 99. 98...'

건조한 시스템의 안내가 선체에 울려퍼지기 시작한다.

격납고로 뛰어내려오는 민.
한바탕 휩쓸고 지나간 격렬한 전투의 흔적이 보인다.
실내에서 비행이라도 한 것처럼, 완전히 부서진 채 한쪽에 처박혀 있는 정찰기의 모습. 그 주변으로 망가져 동작을 멈춘 경비로봇 두 대가 흩어져 있다.
눈을 부릅 뜬 채 조종석에 앉아있는 맥스의 모습. 한 눈에 이미 죽은 것임을 알 수 있다.

'30, 29, 28...'

계속되는 시스템의 카운트다운. 지체할 시간이 없다. 비상탈출선을 향해 전력질주하는 민. 이미 탈출선이 빠져나간 몇몇 창 너머로 들어찬 바닷물이 보인다.
남아있는 탈출선실 한 곳의 문을 열어 재끼는 민. 안쪽에 세워져있는 탈출선의 조종석에 올라타 작동스위치를 누른다.
조종석 덮개가 닫히고, 선체 외부 출구가 열리기 시작하면, 바닷물이 쏟아져 들어오는데...

'8, 7, 6, 5...'

마지막에 가까워진 카운트다운. 거의 출구가 열렸다.
갑자기 쾅! 하는 폭발음과 함께 요동치는 선체.

그와 동시에 밖을 향해 튀어나가는 탈출선.
민. 정신을 잃는다.

4장. 바다

문득 깨어나는 민.
바다 한가운데다.
어떻게 열렸는지, 반쯤 재껴진 헬멧창 사이로 바닷물이 얼굴을 적신다. 짜다.
산더미 같은 파도가 넘실거리는 주변.
이주지를 향해 제법 왔을테니, 주위 풍경이 상당히 달라질 만도 하다.
아찔할 정도로 넘실대는 파도를 타고 표류중인 상황.
부서졌지만, 보호복 덕분에 부표처럼 물에 떠 있는 상태다. 방수에 보온까지 되는 만능 전투복 덕분에 체온이 유지되고 있다.
본능적으로 목 주위를 만져 확인하는 민. 다행이 목걸이는 그자리에 그대로 걸려있다.

오후 2시쯤인듯, 마치 칼로 살을 에이는것 같은 볕의 세기. 이런 상황에선 과도한 빛에 의해 피부가 손상되는 것이 가장 큰 문제인데, 당장 목숨이 위태로운 상황이다보니 그마저도 신경쓰이지 않는다.
갈증을 느끼는 민. 바싹 마른 입을 다물고 애써 침을 모아 삼킨다. 갈증날때 바닷물은 절대로 마시면 안된다고 배웠다.
다행히도 몸은 그럭저럭 괜찮은 것 같다.
몸을 움직여 주변을 한 바퀴 빙 돌아보는 민. 어딜 보나 바다 뿐이다.
 타고 나왔을 탈출선도, 부서진 이주선 조각 같은것도, 아무것도 보이지 않는다.
 전부 다 바다속으로 가라앉았을 것이다.

 릴리 일행이 어디 있는지 감도 잡히지 않는다. 이주선에서 빠져 나온 근처에서 표류중일 텐데...
 상륙정이 있는 좌표는 민이 알고있다.
 이렇게 될 줄 알았으면 미리 얘기 해 줬어야 하는 건데, 시간이 없다보니 거기까지 신경을 못썼다.
 분명한 건, 그쪽은 멀쩡한 탈출선을 타고 있을 거란 거다.
 그 탈출선이 있어야 송이 알려준 상륙정의 위치까지 갈 수 있다.
 비상 상황에 접어든 상태에서 이주선이 자폭할때까지 채 10분이 되지 않는 시간. 이주선의 함속이 시속 50km정도니까, 8~9km 범위 안에 있을 가능성이 크다.

 릴리네 일행을 찾기로 결정한 민.
 서쪽 방향에 이주지가 있으니까, 반대쪽인 동쪽으로 되돌아가며 찾아야 한다.
 목걸이의 팬던트를 열고 나침반의 방향을 확인하는 민. 서쪽을 확인하고, 반대편인 동쪽을 향해 헤엄질을 시작한다.

 엄청난 파도.

20m는 되는 듯한, 산더미 같은 파도가 온통 넘실대고 있다. 이동을 하려 애쓰지만, 휩쓸려 계속 다른 쪽으로 밀려날 뿐이다.
 시간이 흐를수록, 탈진할 것처럼 몸에서 힘이 급격하게 소모된다.
 이래가지고는 누굴 찾기는 커녕 살아남기 어렵다.
 잠시 헤엄질을 멈추고 바다에 뜬 채로 휴식을 취하는 민.
 바다속에 뭐가있을지는... 거기까진 생각하고싶지 않다.
 이미 위험 상황은 충분하다.

 지금 생각해야할 가장 치명적인 적은 역시 드래곤이다.
 이러고 있는 판에 드래곤의 눈에 띄기라도 한다면... 그땐 꼼짝없이 잡아먹힐 가능성이 크다.
 허벅지 쪽, 플라즈마 건이 있는 곳을 만지며 총을 뽑을지 말지를 생각해보는 민.
 그 순간. 파도와 파도 사이로 언뜻 스쳐지나 보이는 뭔가.
 바다에 뜬 채로 잠이 든 드래곤 한 마리가 시야에 나타났다!
 일반적 드래곤에 비해 두 세배는 더 큰, 거대한 놈이다.
 맙소사 드래곤이라니... 가만 드래곤이면?!

 드래곤의 바로 옆까지 헤엄쳐 오는데 성공한 민. 이 다음이 진짜 중요하다.
 잠시 휴식을 취하는 민. 어느정도 기운이 모이면, 바다속으로 잠수한다!
 물위에 뜬 채로, 죽은 것처럼 잠을 자던 드래곤.
 어느 순간. 갑자기 놀란것처럼 퍼뜩 깬다.
 동시에 날갯짓을 하며 하늘로 날아오르기 시작하는 드래곤.
 드래곤의 발 네개 중 뒷다리에 민이 매달려있다!

 물 속으로 잠수한 민. 보호복에 상비된 휴대용 와이어로 드래곤의 뒷다리 한 쪽에 자신의 몸을 단단히 묶은 후, 플라즈마 건을 쏴 드래곤의 잠을 깨운 것.

 거대한 몸집만큼 날개 역시 거대한 드래곤의 모습. 다리에 묶인 민의 무게 정도는 가뿐히 하늘로 들어올려 준다.
 순식간에 아찔할 정도의 높이로 치솟는 드래곤.
 그 와중에 민은 팬던트 나침반이 가리키는 동쪽 방향의 바다 위를 필사적으로 살핀다.
 찾았다!
 두 개의 점같은 물체가 있다. 탈출선임에 틀림없다.
 순간 흔들리며 펜던트를 쥔 손을 놓치는 민.
 목걸이에서 끊어져 나간 펜던트가 까마득한 바다 아래로 떨어진다...
 꼭 자신이 떨어진 것 같이 절망하는 민. 그러나 생각지도 못한 기적이 또 한 번 일어난다.
 탈출선이 있는 쪽을 향해 드래곤이 방향을 바꾸기 시작한 것.

점점 가까워지는 탈출선과의 거리를 가늠하던 민.
어느 순간, 묶었던 줄을 풀어 바다를 향해 뛰어내린다!

텀벙!!~

 최대한 숨을 참은 채 머리 위쪽으로 보이는 일렁이는 빛을 바라보는 민.
 물 위로 떠오르는 시간이 너무 느리다.
 도저히 숨을 참을 수가 없다.
 필사적으로 팔과 다리를 움직여 수면 위를 향해 올라가는 민.
 익사 직전, 간신히 물 밖으로 튀어나와 거친 숨을 몰아쉰다.

 탈출선부터 찾아보면, 소리지르면 들릴정도로 가까이에 있다.
 문제는, 소리지를 힘도 없다는 것. 심지어 파도에 의해 점점 먼 곳으로 밀려나기 시작한다.
 물위에 뜬 상태로 무기력한 절망에 빠지는 순간.
 민을 향해서 다가오기 시작하는 탈출선의 모습.
 공중에서 떨어지는 민을 본 것 같다.
 날아가는 드래곤이 보였을 테니까, 다리에서 뭔가 떨어진 것도 본거다. 아무튼 살았다!

어느새 민의 바로 옆까지 온 탈출선.
 조종석 쉴드가 열리고, 안에 타고있던 릴리가 삐죽 고개를 내밀어 민을 쳐다본다.
 끌어 올려주는 릴리의 손.
 한참을 버둥거린 끝에 간신히 조종석에 올라온 민.
 좌석이 하나여서 두 사람이 타려면 포개어 앉아야 한다.
 "내 위에 앉아도 돼."
 편하도록 양보해주는 릴리. 고맙다고 하고싶지만, 여기까지 오느라고 없던 힘까지 완전히 쥐어 짜낸 상태다.
 말도없이 털썩 쓰러지듯 릴리의 위로 걸터앉는다.

 잭은 죽었고... 옆에는 레오가 있고,
 "...맥스는?"
 대답이 없다. 숙연한 분위기에서 그가 이주선 밖으로 나오지 못했음을 알 수 있다.
 하지만 지금 이 상황도 죽음에 가깝다. 이제 상륙정을 못 찾는다면, 바다 위에서 이틀 내로 죽게될 것이다.
 지금은 행동해야 할 시간이다.

 눈앞에는 조종 핸들과 커다란 단말기 화면이 달려있다.
 화면에 띄워진 지도의 모습. 주변이 온통 바다인 현재 상황처럼, 화면에도 텅빈 지도 위 깜빡이는 화살표 하나 뿐이다. 이 탈출선일 것이다.

화면의 빈 공간에는 계기반 표시들이 떠 있다.
목적지를 눌러 송이 알려준, 상륙정의 좌표를 입력하는 민.

N : 37, 34 E : 126, 59

확인 버튼을 누르면, 목적지까지의 거리는 여기서 30km 떨어진 곳으로 나타난다.
핸들에 붙어있는 가속 버튼을 누르는 민.
핸들을 잡고 화면에 표시된 화살표 방향에 맞춰 탈출선을 몰아간다.
서서히 속도를 높이는 탈출선. 옆에 있던 레오의 탈출선도 따라서 움직이기 시작한다.

제발 도착할 때까지 배터리가 버텨야 할텐데...
불안한 기분으로 전력량을 체크하는데, 때마침 한 눈금이 사라진다.
한정된 자원으로 목적지까지 가야하는 미션.
시간이 흐를수록, 자원은 바닥을 드러낸다. 자원을 다 쓰기 전까지 목적지에 도착하지 못하면, 기다리는 건 죽음.
문득 인생같다는 생각이 드는 민. 웃음이 난다.
살 시간이 얼마 남지 않았다면, 뭔가 멋진 생각을 하며 보내고 싶다.
살아서 가겠다는 염원을 담아, 이주지에 간 후의 미래를 상상하기 시작하는 민.

저 너머 어딘가에서 뭔가 좋은 일이 기다리고 있을 것 같은, 설레는 기분이 찾아온다.

 1시간 후.
 마침내 모습을 드러내는 상륙정의 모습.
 1시간 내내 파도를 헤치며 전 속력으로 달려왔다.
 거의 다 가까워 질 무렵, 탈출선의 추진 동력이 끊겼다 이어졌다 하기시작한다.
 전력이 다 떨어졌다. 제발...
 완전히 닿기 전에 멈추면, 이 파도에 도로 밀려나 눈 앞에 보면서도 상륙정에 갈 수 없게 될 것이다.
 아슬아슬하게 완전히 멈춰서기 직전, 상륙정 옆에 도착한 그들.
 안도의 환호성을 지른다!

*

 희망의 섬에 도착하는 상륙정.
 역시 빠르고 정확하다. 여기까지 오는데 30분 밖에 안걸렸다.
 평소와는 정 반대편 쪽으로 배를 대는데... 바위가 많아서 섬에 가까이 접근하는 데 애를 먹었다.
 송이 알려준 대로 이 섬의 위치는 상륙정의 단말기에 입력

되어있었다.

 섬 전체에 아지랑이처럼 열기가 피어오르는 모습.
 볕에 모래가 달궈지면, 거의 80도에 가까워진다.
 찢어진 보호복 사이로, 걷잡을 수 없이 뜨거운 열기가 느껴진다.
 전원은 꺼졌어도 보호복이 멀쩡한 릴리와 레오는 그나마 낫겠지만, 민은 이 위에서 5분 이상 있을 수 없는 상황이다.
 이 섬은 직경이 300m 정도니까, 눈 앞에 보이는 공연장까지는 150m 정도 일것이다.
 공연장에 빙 둘러 세워진 담벼락이 어깨 높이정도다. 요령 것 몸을 숙인 채로 기대어 있으면, 어느정도는 그늘의 효과를 볼 수 있을 것이다. 송이 제발 그렇게 하고 있어야 할텐데...
 송을 소리질러 부르기 시작하는 일행. 제발 무사하기를 바라며, 공연장 벽을 향해 걸음을 재촉한다.

 모든걸 태워버릴 듯 주위를 가득채운 열기.
 점점 희망도 말라가는 듯한 느낌이다.
 마음이 급해져서 뛰기 시작하는 민.
 담벼락에 가까스로 도착해서 빙 둘러가며 송을 찾는데...
한 바퀴를 둘러 제자리로 돌아온다.
 송이 없다.

건너편 바닷가 방향으로 시선을 돌리는 일행.
송의 흔적을 찾기 시작하는데...
바닷가 쪽의, 잠을 자고있는 씨램들이 점점이 보인다.
이쪽을 향해 다가오는 씨램 한 마리.
뭔가 이상하다. 보통 씨램은 좌우로 상체를 뒤뚱거리며 기어가는데, 엉거주춤한 상태로... 서서 걸어오고 있다.
자세히 보면, 씨램의 몸통 아래 쪽으로 보호복을 입은 다리가 있다?!

"송!!!"

소리치며 달려가는 일행.
순간 잠에서 깨기라도 한 듯, 씨램이 펄떡 튕겨오른다.
모래바닥으로 떨어져 정신없이 바닷가 쪽을 향해 뒤뚱거리며 도망치기 시작하고...
그 자리에 송이 서있다.
씨램은 피부가 두껍고 피가 차가워서 볕으로 몸을 덥히며 낮잠을 즐기는 동물이다.
영리하게도 송이 이걸 활용한 것이다.

"저 아이를 기절시켜서 두르고 있었는데... 깨워 버렸네~"
헬멧을 벗은지 오래된 듯, 벌겋게 익은 송의 얼굴.
달려가 송을 껴안는 민. 송이... 살았다!
"저걸 업고서 걸은거야??"
놀란 표정들을 향해, 송이 씨익 웃는다.

쓰러지려고 하는 송을 다함께 붙잡아 부축하는 일행. 상륙정을 향해 돌아간다.

 그늘이 없긴 마찬가지인 상륙정.
 모든 게 적응하기 나름인가? 뜨겁게 달궈진 모래찜기에 비하면, 살을 태우는 빛 정도는 충분히 견딜 만 하다.
 모래지옥을 벗어난 송이 점점 기운을 되찾는다.
 레이첼이 송에게 주고간 음식상자는 어디갔는지 가져오지 못했다. 그럴 정신도 없었고.
 살아남은 요원 모두가 무사히 한 자리에 모였다. 이제 이주지를 향해 출발하면 된다.
 누구 하나 말을 꺼내는 사람이 없다.
 생존을 위한 침묵 속, 송이 조종칸의 단말기 앞으로 다가가 이주지의 좌표를 입력한다.
 마침내 다시 움직이기 시작하는 상륙정. 이주지를 향해 나아간다.

5장. 이주지

상륙정 앞머리.
 육지가 점점 가까워지고 있는 중이다.
 송, 민, 릴리와 레오가 함께 서서 이 순간을 눈에 담고있다.
 육지의 먼 곳. 산능성이에서 마지막 빛이 저물고있는 풍경. 점점 어둠이 내리고있다.

 황갈색 빛깔의 인공 구조물.
 이주지의 첫 관문. 부두다.
 전투 시뮬레이터에서 보던 것과 똑같은 모습을 하고있다.
 서서히 속도를 줄이는 상륙정.
 마침내 부두에 옆면을 완전히 붙이며 멈춰선다.

 상륙정에서 부두로 건너가는 일행.
 마침내 인류가 개척 행성의 육지에 첫 발을 딛는, 역사적인 순간이다.
 섬과는 또 다른, 완전히 단단한 땅. 순간, 어지러움이 느껴져 눈을 꼭 감는다.
 마중나온 듯, 한쪽에 서서 기다리던 안내로봇 한 대가 앞장서서 갈길을 안내하기 시작한다.
 "레이첼은 파이오니어 12호 시스템이랑 같이 끝났어. 얘네는 다른 시스템이야."
 머뭇거리며 꼼짝도 안하는 일행에게 말하는 송.
 그제야 모두 안도의 한숨을 내쉰다.

다들 로봇을 보고 몇 시간 전의 악몽이 되살아났던 것이다.
 만약 이들이 거미처럼 변한 레이첼을 직접 봤다면 어땠을까?
 그 순간이 다시 떠오르며 신경이 곤두서는 민.
 지금 이 자리에 살아있는 것 자체가 기적이다. 그리고 그 기적때문에 살아남아서 지금 이 땅을 밟고 있다.

 환한 조명을 밝히고 있는, 네모난 상자같은 건물로 다가가는 일행.
 몬스터를 대비한 듯, 지붕 위쪽으로 플라즈마 기관포탑의 모습이 눈에 띈다. 아마 물체 식별기능으로 위험 요소가 일정거리 이상 접근할 경우, 저 기관포가 작동하여 처리할 것이다.
 다행이 우리는 로봇에게 안내되어 가고 있다.
 이 안내로봇은 상륙정과 요원들에 대한 정보를 갖고 있을 것이다. 그렇지 않았다면, 지금쯤 플라즈마 세례를 받았을 거다.

 건물 안으로 들어서면, 높이가 2층 쯤 되는 천장에 제법 공간이 넓다.
 기차역처럼 한가운데에서부터 철로가 시작되는 모습.
 철로 위, 출발을 기다리는 세 량의 컨테이너형 화물열차가 서있다.
 이 열차를 타고 이주지까지 가야한다.

한쪽에 놓인 단말기 화면 앞으로 일행을 데려온 로봇. 임무를 마친 듯, 구석쪽의 로봇들이 모여있는 곳으로 돌아간다.
 단말기 화면을 손으로 건드리는 송.
 화면이 커지며 학습용 단말기에서 본 것과 비슷한, 첫 화면 메시지가 나타난다.

이주지의 이름을 입력하세요 :

 입력을 기다리며 깜빡이는 커서.
 "이주지 이름을 뭘로할까? 생각한거 있어?"
 송이 일행을 향해 돌아서서 묻는다.
 생각해 본 적이 없다. 이제껏 전부 다 레이첼이 결정해왔기에 이런 상황을 예상하지 못했다.
 "인디펜던스. 어때?"
 이주선을 폭파시킬때의 코드명이다.
 처음으로 다 같이 웃는 일행들. 고개를 끄덕이며 'independence'라고 한자한자 입력하는 송의 손길을 바라본다.
 이어지는 화면은 요원들의 신원을 인증하는 것.
 7명에 대한 등록이 순서대로 시작된다.
 앞쪽, 톰과 맥스의 이름을 넘기며 숙연해지는 분위기. 살아있는 레오부터 얼굴 사진을 등록하고, 출입 코드를 부여받는다.
 마침내 필요한 입력을 마친듯, 열차에 관한 내용으로 넘어간다.

"이제 저 열차를 타고 이주지로 갈거야."

송이 화면의 설명을 넘기며 말한다.

"이주지쪽 첫째 칸이 운전 차량이고, 중간이 인간 배아가 실려있는 칸. 맨 뒤는 원래 레이첼과 로봇들이 탈 자린데, 빈칸이야."

"인간 배아라니?"

민이 귀를 의심하는 듯한 표정으로 묻는다.

"이주선에 심각한 문제가 생기면, 인간 배아는 자동으로 여기로 보내지게 되어 있었던 거겠지. 어쨌든, 우리가 이렇게 살아서 이주지로 가게 됐으니, 원래 우리가 이곳에 보내진 목적을 달성해야겠지?"

이 행성에 2,000명의 인간을 정착시키는 것이 최종 목적이니, 충분히 이해가 간다. 지난 9년간 건설로봇들이 밤낮으로 작업해서 완성해놓았을 이주지도 그들이 살아갈 도시로 지어졌으니까 말이다.

"다들 알다시피 문제는 고먼들이야. 여기서 이주지까지 열차로 20분 거리인데, 고먼이 열차를 습격할 확률이 60%라고 나와있어. 그나마 이제 어두워져서 그정도 인거고, 낮에는 습격 확률 98%야. 민, 이건 너가 잘 하는 일이니까, 우리가 어떻게 할지를 알려줘."

송의 말에 일행의 시선이 민에게로 쏠린다.

생각을 굴리는 민. 60%라... 꽤 높은 확률이다. 아마도 고먼들이 소리에 반응해서 움직일 것 같다.

낮에는 보이기까지 하니까 습격을 피할 수 없게 되는 것이고. 그렇다면, 고먼들이 습격한다는 가정하에 쫓아오는 고먼들을 효과적으로 떨궈낼 방법을 찾아야 한다.
 전투 시뮬레이터에서 했던 고먼의 열차습격상황 훈련을 떠올려본다.

 낮이고, 시속 60km로 이동중인 열차에 탄 채 사방을 경계하며 간다.
 말과 비슷한 짐승, 딩요를 탄 고먼 무리가 나타나고, 열차가 따라잡히는 시점은 이주지에 도착하기 2~3분전. 일정 거리 이상 가까워 지면 고먼들이 돌을 던지는데, 돌에 네 번을 맞으면 보호복이 파손되고, 다섯 번째 부터는 부상이 시작된다.
 고먼이 돌을 던지기 직전. 팔을 든 순간이 공격 포인트다. 그렇게 타이밍을 맞춰 10마리 정도를 떨궈내면, 나머지도 공격을 포기하고 돌아간다.
 7명이고, 쫓아오는 고먼들에게 타이밍에 맞춰 사격하는 거라서 어렵지 않게 클리어 한 훈련.
 하지만 4명에, 주변이 어두운 지금 상황에서는 일이 어떻게 될 지 전혀 알 수 없다.

 "우리 셋은 배아 보관함이 있는 칸에 타서 배아 보호를 우선순위로 하자."
 민이 릴리와 레오를 보며 말을 시작한다.

"세 명이 뭉쳐있다가, 훈련때 했던 것처럼 돌을 던지기 직전에 쏴서 떨궈내야 해. 그리고 내가 보호복이 파손됐으니까, 공격이 시작되면 내 앞쪽에서 방어를 부탁해. 타이밍 맞게 잘 쏘기만 하면, 문제될 것 없어."
 민의 말에 릴리와 레오가 플라즈마 건을 준비한다.
"그리고 송은, 고먼들이 열차를 따라 잡았을 때 내가 신호를 줄게. 맨 뒷쪽 칸을 분리시켜줘."
 알아들었다는 듯 송이 고개를 끄덕인다.
 먼저 운전 차량에 올라타는 송.
 나머지 일행이 열차 가운데 칸에 올라타 문을 닫으면,
 계기반의 전원을 켜고, 열차를 출발시킨다.

*

빽빽하게 우거진 숲 사이를 달리는 열차.
 어두웠던 주변이 아커가 떠오르며 붉은빛으로 물들기 시작하는 순간의 풍경은...
 지옥 같은 모습을 하고 있다.

붉은 숲 속을 달리던 열차가 갑자기 급 정거를 한다.
반동에의해 우당탕 넘어지는 일행들.
완전히 멈춘 후 조심스럽게 밖의 상황을 확인하면, 철로 앞쪽이 머리통만한 돌 무더기로 막혀있다.
"얘들아. 빨리!"
소리치며 밖으로 뛰어내리는 송.
돌 무더기로 달려들어 치우기를 시작한다.
다같이 정신없이 돌들을 옆으로 던져내는 일행들.
그때, 어디선가에서 뿔피리를 부는 듯한 소리가 울려퍼진다.
불길한 느낌에 하던걸 멈추고 주변을 두리번거리는 릴리와 레오.
"나중에 봐! 고먼들 오기전에 빨리!"
민이 소리를 질러대자, 정신차리고 다시 돌을 치우기 시작한다.
마침내 철로에 마지막으로 남은 거대한 돌덩이를 다 함께 달려들어 밀어내는 일행.
다 치웠다!

서둘러 운전차에 올라 다시 열차를 출발시키는 송.
화물칸에 탄 나머지는 문 틈새로 초조하게 주변을 경계하는데...

ㄷㄷㄷㄷㄷㄷㄷ...

멀리서 뭔가 떼를지어 달리는 듯한 소리가 들리기 시작한다.
주변을 자세히 살피면, 좀 떨어진 숲쪽에서 흔들리고있는 나무들의 모습.
 소리가 점점 커지더니,
 마침내 딩요를 탄 고먼들이 시야에 나타난다!
 철로가 나있는 길로 뛰어드는 고먼들.
 열차가 계속 속력을 높여가고 있는 사이, 점점 더 열차와의 거리를 좁혀온다.

딱! 따닥! 딱!!

 돌팔매질을 시작하는 고먼들.
 그 순간을 기다렸던 일행의 사격도 시작된다.
 플라즈마 빔이 작열하며 순식간에 떨어져나가는 고먼 세 마리.
 그러나 그 주위에 있던 스무 마리 이상의 고먼들이 엄청난 기세로 돌을 던져댄다.
 보호복이 부서져 어쩔 수 없이 화물칸 안으로 피하는 민.
 릴리와 레오도 얼마 버티지 못하고 들어온다.

"지금이야, 송!!"

 소리치는 민. 동시에 송이 차량 분리버튼을 눌러 세번째 화물칸을 떼어낸다.
 미쳐 피하지 못한 고먼 몇 마리와 함께 효과적으로 추격을 휘저어놓고 사라지는 세번째 화물칸의 모습.
 그러나 고먼의 추격은 계속 이어진다.

문을 열고 들어오려는 고먼들 때문에 다 함께 문을 붙잡고 버티기 시작하는 민과 릴리, 레오.
 그러자 다른 고먼들이 화물칸 위로 뛰어올라 지붕을 때려 부수기 시작한다.
 그리고... 마침내 구멍이 뚫려버린 지붕.
 고먼 두 세마리가 달려들어 지붕을 찢어내려고 힘을 쓰는 순간...

투두두두두두!!!

작열하는 플라즈마 빛줄기.
 지붕 위에 있던 고먼들이 플라즈마 세례를 받으며 떨궈진다.
 이주지 방호벽 위의 플라즈마 기관포가 불꽃을 뿜고있다!
 집중 사격을 피해 추격을 멈추고 물러가는 고먼들.
 어느순간, 눈 앞으로 다가오던 이주지 방호벽이 비스듬히 열리고, 그 사이로 무사히 열차가 들어간다.

*

붉은 밤하늘 아래, 이주지의 나즈막한 건물들이 흐른다.
 정육각형에, 회반죽을 빚어만든 듯한 모양.
 온통 붉게 물든것만 빼고, 시뮬레이터에서 보던 것과 비슷한 풍경이다.
 상점가 블럭이 끝나고, 상자곽 같은 건물로 철길이 들어간다.
 출발했던 곳과 비슷한 곳.
 철로가 끝나는 지점에서 열차가 멈춰선다.
 일행이 밖으로 내리면, 바닥이 180도 회전하며 운전 차량이 출구 쪽을 향하도록 바꿔놓는다.

 텅 빈 역사 안. 마중나오는 로봇도 없다.
 잠시 선 채 서로를 멍하니 바라보는 일행.
 다 부서져 누더기가 된 보호복에, 땀과 바닷물이 뒤섞여 엉킨, 떡진 머리들을 하고있다.

"배고파."

 누구랄것 없이 동시에 말하는 일행.
 송이 비틀거리며 한쪽에 있는 단말기 화면 앞으로 다가간다.
 식당의 위치를 찾아보면, 거주지구 1층에 있다.

 역사 밖으로 나온 일행.
 눈 앞에 이주지의 심장, 거주지구 정문이 있다.
 제법 튼튼해 보이는, 두짝의 문.
 이주지에서 난 재료로 제조된, 가볍고 단단한 특수소재로, 강철과 같은 강도를 가졌다.

단단한 문으로 지켜지는, 요새처럼 안전한 곳임에 한결 마음이 놓인다.
 정문 옆의 보안 키패드에 입력을 마치면, 좌우로 열리는 문. 일행이 안으로 들어서면, 다시 굳게 닫힌다.

 일행의 움직임을 따라 차례로 켜지는 통로 조명. 아무것도 없이 심심한 통로를 잠시 걷다보면, 중앙에 위치한 식당이 나타난다.
 이주지 인구, 2,000명의 식사가 이루어지는 곳.
 이주선 식당과 비슷한 시스템으로, 정 중앙에 재배실과 주방시설이, 그 주변을 빙 둘러 식사 자리다.

 식당 출입구 옆에 있는 키오스크형 단말기.
 송이 먼저 화면을 눌러 식사를 선택하고 안으로 들어간다.
 그 뒤를 잇는 릴리와 맥스. 마지막으로 민의 차례가 돌아온다.
 화면에 떠있는 메뉴는 두 가지.
 접시 위로 야채와 고기가 놓인 '샐러드 & 재배육 볼'.
 그리고 그릇 하나에 수프처럼 담겨진 '영양 믹스'다.
 잠시 망설여진다.
 둘 다 이상할 것 같아서 고르기가 어렵다. 사진만 봐도 로봇스러운 차가움에 입맛이 뚝 떨어진다.
 어쩔 수 없다는 기분으로 영양 믹스를 선택하는 민.
 화면에 표시된 주문번호를 확인하고 식당으로 들어간다.

4인용 테이블 자리에 둘러앉은 일행.
 민만 빼고 전부 샐러드 & 재배육 볼을 앞에 놓고있다.
 어쩐지 진 기분. 여기까지 불운이 계속 이어지는건가... 라는 생각을 하며 한 스푼 영양 믹스를 떠 보면,
 끈적한 점액질같은 내용물이다.
 어쩐지 거미로 변한 레이첼이 천장에서 내려오던 그 순간을 떠올리게 한다.
 눈을 질끈 감고 한입 먹는 민.
 쌀과 밀가루를 섞어만든 수프를 야채 즙으로 버무려낸 듯한 맛. 게다가 전혀 정체를 알 수 없는 작은 알갱이들이 들어있다.
 음식 씹을 기운도 없는 상태여서 어쩔수 없이 수프를 선택했건만...
 익숙해 질 만도 한 로봇 스타일 푸드지만, 조금도 익숙해지지 않는다는걸 다시한 번 깨닫는 민. 그야말로 살기위해 꾹 참고 내용물을 위장으로 흘려보낸다.
 일행의 상황도 별로 나을것도 없다. 다들 맛없다는 표정으로 묵묵히 음식을 위장으로 보내는 중이다.

*

 방의 불을 켜는 민.
 정육각형 모양의 방. 가구라곤 책상과 침대, 옷장 뿐이지

만, 공간이 꽤 여유롭다.
 이주선 방의 네 배는 되는 느낌이다. 화장실에는... 심지어 욕조가 있다!
 새 전투복에, 새 속옷, 새 개인용 단말기까지... 모든것이 새걸로 말끔하게 셋팅되어있는 모습.
 흐뭇한 미소가 저절로 나온다.
 정면에는 탁 트인 조망의 창문이 있다.
 창가로 가보면 3층에서 내려다 보이는 이주지의 전경이 펼쳐져 있다. 라가 떠오르는, 동쪽 면이다.
 이주지에서는 3층이 가장 높은 축에 속한다.

 식당에서 밥을 먹은 후. 장비실로 이동해서 보호복을 벗어놓은 일행.
 일단 쉬기로 하고 자신의 방을 찾아 들어갔다.
 요원들의 방은, 이주지 사령실이 위치한 곳 바로 옆, 거주지구 3층에 지정되어 있었다.
 거주지구의 다른 방들과 똑같은 구조지만, 가장 좋은 위치다. 호텔로 치면 펜트하우스나 다름없다.

 샤워 후 새 옷으로 갈아입고 침대에 눕는 민.
 뭔가 불편함이 있다. 잠이 오지 않는다.
 뭐가 잘못됐는지 곰곰히 따져보기를 시작한다.
 얼마 후, 침대에서 일어나 다시 전투복에 몸을 끼워넣는 민. 방을 나선다.

장비실은 거주지구 1층의 메인 게이트 옆에 있다.
 이주지가 얼마나 요새화된 시설인지 새삼 느껴지는 위치다. 마치 소방서처럼, 무슨일이 생기면 바로 장비를 착용하고 나갈 수가 있다.
 마치 대형 창고같은 모습을 한 장비실.
 이 넓은 공간의 절반은 만들어진 장비들을 보관하는 곳인 듯, 선반들이 놓여져 있고, 나머지 절반에는 세 개의 생산 라인이 설치되어있다.
 키오스크에 적힌 설명에 의하면, 로봇을 생산하는 라인, 전자장비를 생산하는 라인, 그리고 민에게 익숙한, 무기와 장비를 생산하는 라인이다.
 각각의 작업대 위에 놓여진 물건들의 모습을 보면 알 수 있다. 장비들을 생산하기 시작한 지 얼마 되지 않은 듯, 뭔가가 많이 비어있는 모습이다.

 보호복 충전대가 있는 곳은 벽 쪽으로, 7기의 충전대가 설치되어 있다.
 그 옆으로 벽이 끝나는 지점까지 텅 비어있는 공간의 모습. 딱봐도 앞으로 늘어날 보호복 충전시설이 위치할 자리다.
 민은 앞으로 여기서 2,000명이 쓸 장비를 생산하고 관리 감독하는 일을 하게 될 것으로 보인다.

 민이 불안했던 이유는... 보호복이었다.
 망가진 보호복을 놔두고 잠들기엔, 습관이 용납하지 않았던 것.
 여기서도 마찬가지로, 장비 생산로봇이 수리까지 한다.
 장비 생산라인 근처에 벗어던져진 보호복들을 추스리는 민.
 작업대 위에 부서진 보호복을 하나 올려놓은 후 조작 패널을 누르자, 로봇팔이 움직이며 수리를 시작한다.
 보호복 네 벌과 헬멧 네 개의 수리를 마친 후, 충전기에 거치시켜 놓는 것 까지...
 모든 보호복의 관리를 마친 민. 나가려고 돌아서면, 장비실 입구에 선 레오가 보인다.
 "혹시나 했는데, 역시 너도 여기있더라고."
 정찰기가 어떤지 보고왔다고 하는 레오.
 3층의 사령실 옆쪽에 격납고가 있다고 한다.
 어쩌면 레오도 민과 같은 생각을 했을 것이다.
 고먼이 언제 어떻게 공격을 해 올지 모르니 지금 대비를 해야 한다고.
 이곳은 고먼들의 표적이 되어있다. 그리고 그 고먼들은 생각 이상으로 똑똑하다...

 레오와 헤어져 방으로 돌아온 민.
 문을 닫자마자 스위치라도 누른것처럼 잠이 쏟아지기 시작한다.
 엄청난 일을 겪어낸 하루였다...
 침대위로 쓰러지듯 눕는 민. 그대로 정신을 잃는다.

*

 깨어난 순간, 잠시 주위를 경계한다.
 전혀 기억에 없는 주변 풍경. 여기가 도대체 어디인지...
혼란스럽다.
 창 밖에 펼쳐진 갈색빛의 도시를 보고서야 서서히 기억이
돌아온다.
 시간은 12시. 처음으로... 늦잠을 잤다.
 여기는 이주지고, 나는 지금 살아있다.
 존재함을 믿을수가 없는것 같은 기분.
 미친듯이 배가 고프다.

 식당으로 달려내려온 민.
 어제는 미쳐 몰랐는데, 고맙게도 배급에 제한이 없다.
 샐러드 & 재배육 4인분을 한 식판에 쏟아붓고는 마시듯이
집어먹는다.
 정신을 차리고 주변을 둘러보니, 먼저 온 송과 레오가 비
슷한 상태로 민을 마주 바라본다.
 그렇게 좀 더 앉아있다보면, 막 잠에서 깬 모습으로 식당
에 뛰어들어오는 릴리.
 좀 전의 자신처럼, 정신없이 음식을 위장으로 밀어넣는다.

 기력을 어느정도 회복한 그들.

처음으로 한 일은, 어제 기차역에 놔두고 온 배아 보관함을 옮기는 일. 장비실에 있던 운반용 카트를 가지고 가서 거주지구 지하 3층에 위치한 배양 시설에 옮겨놨다.
 이 다음은 인간 배아들을 배양기에 넣어 인간 배양을 실행하는 건데, 아직 엄두가 나지 않는다.
 좀 더 이곳에 적응 한 이후에 적당한 때를 봐서 하기로 했다.

 사령실은, 각자의 방문에서 스무 걸음만 걸으면 나오는, 가까운 거리다.
 송이 일행을 끌고왔다. 앞으로 우리가 이주지를 운영할 네 명의 사령관들이라고 하면서.
 그 시작을 사령실에서 하자고 했다.
 3층 복도의 층계 있는 곳 맞은편에 사령실 문이 있다.
 그 옆, 복도 끝 막다른 곳은 정찰기들이 있는 격납고다.

 어제 밤. 송도 밤 늦게까지 사령실에서 이주지의 운영 시스템을 만들었다고 한다. 현재 이곳의 시스템은 아무 것도 없는 0의 상태로, 뭘 하려면 대부분 직접 찾아가서 수동으로 움직여야 한다.
 이주지를 보호하는 기관포탑이나, 이주지를 건설한 건설로봇 등은 개별 시스템으로 움직이는 것들이다.
 보안 시스템, 관리 시스템 등 앞으로 이주지 운영에 필요한 모든 건 직접 새롭게 만들어야 한다고...

그나마 다행인건, 준비가 철저한 송이 필수적인 프로그램을 칩에 담아 가져왔다는 것.
 그래서 일단 시작은 할 수 있었다고 한다.

 사령실 문을 열면, 함교 풍의 창이 이들을 맞이한다.
 이주지 전경이 파노라마처럼 내려다보이는 장관.
 정 가운데 위치한 사령관석을 관제석이 빙 둘러 감싸듯 배치되어있다. 통치자의 위엄과 권위가 느껴지는, 멋진 장소다.
 "매일 아침식사 후에 여기로 와. 사령실이 아니라, 아지트라고 생각하고. 이제부터 우리 네 명이서 이 도시를 만들어가는거야."
 창가에 기대 선 송이 이주지를 바라보며 말한다.
 "우리가 여기서 해야 할 일이 뭐였지?"
 사령관석에 앉은 릴리가 묻는다.
 "2,000명의 인간을 키우고, 달에서 출발한 인간들이 지낼 두 번째 이주지를 건설 해 놓는거."
 레오가 대신 대답한다. 모두가 잘 알고있는 사실이다.
 "우리가 이주지 도착에 성공했다는 걸 저쪽에 알려줘야 하는 거 아니야?"
 민이 물으면, 송을 향하는 시선.
 "했어, 어제밤에. 그동안 있었던 상황이랑 정리해서."
 그렇다면 이제, 그 메시지가 달에 도달할 때까지 3년 정도 걸릴 것이다.
 개척 미션을 설명한 내용 중에는 모든 이주선이 목적지를 향해 가는 중간중간에 통신용 증속기를 떨궈 놓는다고 했다. 그렇게 목적지에 도착하면, 성공 여부와 위치 정보를 달로 보낼 때 20배 정도 빠른 속도로 전달된다. 60광년에 걸려 도착했다면, 통신이 돌아가는 데 3년이 걸리는 것이다.

"그럼 난, 경비로봇부터 만들께. 우리가 3명 줄었으니까, 먼저 3대 만들어서 만일의 상황에 대비해야겠어. 그 다음에는... 이제 잭이 없으니까... 요리를 해야할까?"
민이 일행의 표정을 살핀다. 아마 이 중에서 그나마 요리를 해볼 만한 사람은 민일 것이다.
"좋은 생각이야! 그럼 우리 사냥 나갈 수 있는 거지?"
릴리가 레오를 쳐다보면, 레오가 걱정없다는 듯 고개를 끄덕인다. 어제 밤에 정찰기 상태점검을 마쳤다.
송이 뭔가를 말하려는 순간, 갑자기 시작되는 경고음.

'주의, 고먼 침입. 주의, 드래곤 침입...'

송이 어제 밤에 설치했다는 보안 시스템이 작동된 것 같다.
누구랄 것 없이 동시에 창 밖을 살피는 일행.
이주지 방호벽 위쪽 허공으로 점점이 날아오고 있는 드래곤들의 모습이 보인다. 자세히 보면 드래곤의 발에 매달린 고먼들의 모습.
방호벽의 기관포는 감지하지 못한 듯, 미동도 하지 않는다.

 불과 이틀 전. 시뮬레이터 훈련에서 본 것과 비슷한 상황. 눈앞에서 현실로 벌어지고 있는데도, 예지몽을 꾸는 듯한 느낌이다.

 쇼핑몰 옥상.
 난간쪽으로 다가서면, 발 아래로 미로처럼 펼쳐진 갈색빛 건물들이 보인다.
 고먼의 짙은 갈색 덩어리를 찾아보면, 정문에서 조금 떨어진 골목 안쪽이다. 그리고... 시뮬레이터에서와 똑같이, 회색 고먼을 중심으로 모여있다.
 그때 했던 그대로, 일행에게 정문쪽을 지키라고 하고, 혼자 온 민.
 막상 똑같은 상황이 반복되는 것처럼 눈앞에 펼쳐지니 두려움이 밀려든다.
 민의 한쪽 손에는... 창이 들려있다.
 나머지 일행에게도 창을 나눠줬다. 혹시 자신이 실패했을 때를 대비해서다. 저 회색 고먼은 몸에 갑옷을 두르고 있었다.
 아래를 향해 뛰어내리는 민.
 가까운 2층 난간을 한 번 딛고 땅에 착지한다.
 모든 것이 시뮬레이터 때와 별 다를 것 없는데도, 긴장한 탓인지 벌써 숨이찬다.
 좀 떨어진 곳, 이동하기 시작하는 회색 고먼의 뒷모습이 보인다.

이제 목숨은 하나. 지금 한 방에 쓰러트리지 않으면, 모두가 위험해진다.
 손에 힘을 주어 창을 꽉 쥐는 민. 회색 고먼을 향해 창을 겨눈 채 달려간다!

작가의 말

 우주개발이나 새로운 전자제품, 과학기술 이야기들에 관심이 많습니다.
 뉴스 IT 섹션을 매일매일 체크하는 게 저의 습관 중 하나에요. 그 세 종류의 소식들이 거기 다 있거든요.
 그러던 어느 날. 지구와 비슷하며 대부분 바다로 된, 바다형 행성을 발견했다는 소식을 봤어요.
 짧은 인터넷 기사였습니다.
 순간 머릿속에서 그 행성에 관한 상상이 시작되었습니다. 주체할 수 없을 정도로요.
 근처 카페에 뛰어들어가 노트에 그림까지 그려가며 열심히 그 이야기를 정리해봤습니다.
 '갑자기 악령에 들려 그것이 시키는 대로 해야만 했다'는 스토리 같네요. 그렇게 탄생한 이야기가 바로 이 '열두번째 행성'입니다.

 주변에 슬쩍 이야기 해보니 재밌어하더라고요.
 꼭 완성해서 보여달라고 하면서.
 '뭐, 독자는 확실하게 확보했으니 문제없겠군.' 하면서 마음껏 상상의 나래를 펼쳐 보았습니다.
 그로부터 1년 후. 드디어 이야기를 완성 했습니다.
 감개무량한 마음일 뿐입니다.
 부담없이 봐주시고, 읽고 나서 다른 친구들과도 나눠주신다면 고맙겠습니다.
 이 이야기가 우주 저편까지 퍼져나가 열두번째 행성에 도착하는 상상을 해 봅니다.
 감사합니다.

2023년 11월
메르시

스위밍풀 SF 장편소설
열두번째 행성
© 메르시 2023

1판 1쇄　2023년 12월 12일

지은이　메르시
펴낸이　금세혁
디자인　사우르스
제작처　태산 인디고
펴낸곳　스위밍풀

출판등록　제2023-000036호
이메일　amag100@naver.com

ISBN 979-11-983335-2-0 (03810)

* 이 책의 판권은 지은이와 스위밍풀에 있습니다. 이 책 내용의 전부 또는
  일부를 재사용하려면 반드시 양측의 서면 동의를 받아야 합니다.